FOLIOTHÈQUE

Collection dirigée par
Bruno Vercier
Maître de conférences
à l'Université
de la Sorbonne Nouvelle - Paris III

Fedor Dostoïevski

Crime et châtiment

par Jean-Louis Backès

Jean-Louis Backès

présente

Crime et châtiment

de Fedor Dostoïevski

Gallimard

Jean-Louis Backès a consacré sa thèse, inédite, à *La fortune de Dostoïevski en France.* Il a publié des études sur Pouchkine, Racine, Mallarmé, des traductions de Pouchkine, de Nietzsche, de Blok, un livre sur *Musique et littérature.* Il est professeur de littérature comparée à l'Université François-Rabelais, à Tours.

NOTE SUR L'ÉDITION UTILISÉE

Le présent essai fait référence à l'édition de *Crime et châtiment* publiée dans la collection Folio (numéros de page entre parenthèses).

Cette édition comporte une importante introduction, due à Georges Nivat, où le lecteur peut trouver non seulement toutes les informations historiques indispensables, mais encore de précieuses analyses esthétiques et, en particulier, une étude approfondie du système des ressemblances symboliques entre les figures des divers personnages. On y trouve également un choix de notes extraites des carnets de Dostoïevski, notamment le texte connu sous le nom de « journal de Raskolnikov ». Due à D. Ergaz, la traduction, déjà ancienne, ne cherche pas à rendre chaque mot russe par un mot français. Il a parfois fallu, pour des analyses de détail, suggérer d'autres versions ; souvent il a été possible de s'appuyer sur celle qu'avait publiée Pierre Pascal (*Crime et châtiment*, Garnier/Flammarion, 1965).

Le lecteur sera bien inspiré de se reporter au volume publié dans la Bibliothèque de la Pléiade. Sous le titre général *Crime et châtiment*, ce volume donne — outre ce qui figure également dans l'édition Folio, c'est-à-dire le roman traduit par D. Ergaz et les extraits des carnets traduits par V. Pozner — l'intégralité des carnets de Dostoïevski pour *Crime et châtiment*, traduits par Boris de Schloezer, et les *Souvenirs de la maison des morts*, traduit par H. Mongault et L. Desormonts.

PRÉSENTATION GÉNÉRALE

Crime et châtiment est-il un roman ? Quand on lit certains critiques, on pourrait être induit à en douter. Il est incontestable que le livre est profondément ancré dans l'actualité, que Dostoïevski l'a voulu ainsi. Faut-il pour autant n'y voir qu'un document ? Ne peut-on le commenter qu'en décrivant la société russe vers 1866 et en examinant si la reproduction est fidèle ?

Une autre question se pose — mais c'est au fond la même — quand on suit ceux qui veulent décrire la pensée de Dostoïevski. Ils semblent prendre le livre pour une fable, dont la morale importerait plus que l'anecdote. Pour un peu, ils y verraient un roman à thèse. Il est certain que divers personnages reprennent des formules qui se retrouvent dans des textes non romanesques que Dostoïevski a publiés. Faut-il en déduire que ces personnages sont les porte-parole de l'auteur, et que les autres personnages ont tort ? Faut-il admettre que les idées priment tout ?

En quoi consiste ici le travail du romancier ? Pour permettre l'examen de cette nouvelle question, notre dossier donne d'abord des extraits de la correspondance ; la confrontation de ces textes avec les notes éparses dans les carnets de l'écrivain permet de mieux deviner à quoi il accordait le plus d'importance dans son travail d'artiste, pourquoi le choix d'une nouvelle technique, celle de la narration impersonnelle, lui a paru décisif, pourquoi ce penseur qu'il est aussi, par ailleurs, est si attaché à des éléments concrets, singuliers : une attitude, un geste, une intonation, un rêve...

Dans un essai qui a fait date, Gide se reprochait de n'avoir pas assez examiné l'« art de Dostoïevski ». On le comprendrait mal en imaginant que cet art viendrait pour lui après la pensée, comme une technique qui permet de communiquer des idées. C'est peut-être au contraire l'expérience de l'artiste qui conditionne la pensée. À lire Dostoïevski, tout Dostoïevski, lettres et journaux compris, on se demande parfois si, profondément chrétien, il était vraiment attaché aux vérités qu'enseignent les Églises, ou s'il n'était pas plutôt d'abord fasciné par un livre qui relève du récit : l'Évangile.

D'une manière générale, il semble que, dans un roman comme *Crime et châtiment*, tout ce qui, récit, rêve, mythe, présente des figures singulières l'emporte sur les abstractions et généralités, dont la prolifération devient vite incontrôlable, et interminable le développement.

C'est en pensant à cette hypothèse qu'il peut être intéressant de lire certains commentaires développés, argumentés, qui figurent dans notre dossier. Plus que les exégèses de type historique, partout citées et dont on fait assez vite le tour, importent des méditations menées de divers points de vue par des philosophes, des théologiens, des essayistes, des historiens de la culture. À travers les pages de Merejkovski, de Chestov, de Berdiaev, de Gide, pour ne citer que les plus anciens, on mesure à la fois de quelle importance a été Dostoïevski pour notre siècle, et combien chacun a été tenté de lui poser ses propres questions, voire de lui attribuer ses propres réponses. Une variante parfois comique de cette lecture pour ainsi dire annexionniste est offerte par les adaptations théâtrales.

Il reste pourtant que les grands critiques d'il y a presque cent ans ne manquaient pas de lucidité et qu'ils ont su oublier certaines de leurs habitudes de lecture, renoncer à chercher d'abord le « message » de leur auteur, pour prendre garde à autre chose, à ce qu'il faudrait appeler sa manière d'être, ou, métaphoriquement, « le son de sa voix ». L'analyse proprement révolutionnaire de Bakhtine doit beaucoup à des suggestions antérieures. À son tour, tardivement connue en France, elle a peut-être transformé certaine manière d'interroger la littérature. Et elle éclaire, curieusement, les discours de ceux qui n'aiment pas Dostoïevski et — parce qu'ils en ont peur — croient devoir l'éreinter, depuis certains contemporains de l'écrivain, qu'on peut se passer de lire (on ne trouvera pas ici trace d'un certain Mikhaïlovski, qui s'est fait une petite notoriété, peu après la mort de l'écrivain, en l'accusant de cruauté délibérée à l'égard de ses lecteurs), jusqu'à certains de nos contemporains les plus admirés, Nabokov, par exemple.

I JOURNAL ET ROMAN

DOSTOÏEVSKI JOURNALISTE

Dostoïevski a été journaliste ; le cas n'est pas isolé dans la littérature de cette époque, en Russie ou ailleurs ; il faut même considérer qu'il s'agit d'une règle, à laquelle n'échappent que quelques individus fortunés, qui peuvent vivre de leurs rentes, comme le comte Tolstoï, ou Flaubert. Dostoïevski, lui, ne se contente pas de publier dans des journaux, il est journaliste au sens plein du terme : il écrit régulièrement des articles sur les sujets les plus divers ; il s'est occupé à plusieurs reprises d'une entreprise qui relève de la presse.

Quelques mois après son retour de Sibérie, il fonde une revue, *Le Temps*, que dirige officiellement son frère Michel ; le premier numéro paraît en janvier 1861. En 1863 la publication est interdite pour avoir inclus un article que la censure a jugé trop favorable aux Polonais, alors insurgés. Dès le mois de mars 1864 l'écrivain lance, toujours sous la direction légale de son frère, *L'Époque*, qui n'est qu'un nouvel avatar du *Temps*. Après la mort de Michel, en juillet 1864, il reprend l'entreprise, qu'il arrive à faire vivre pendant une année au prix des pires difficultés.

Les années suivantes sont exclusivement consacrées à la composition d'œuvres romanesques. Par ailleurs, d'avril 1867 à juillet 1871, Dostoïevski est absent de Russie. Mais, quelque temps après son retour, il devient rédacteur en chef du *Citoyen*, où il donne également des articles ; il tient en particulier, dès le numéro de janvier 1873, une rubrique régulière qui s'appelle « Journal d'un écrivain ». Il abandonne l'année suivante ses fonctions de rédacteur en chef ; mais il reprend, en 1876 et 1877, le titre « Journal d'un écrivain » pour une publication mensuelle, dont deux numéros isolés paraissent encore en 1880 et 1881. Le volume aujourd'hui intitulé « Journal d'un écrivain » n'a donc rien à voir avec un journal intime, contrairement à ce que pourrait laisser prévoir son titre. Il s'agit bien d'articles sur des sujets divers : politique intérieure, politique étrangère, société, etc.

On a noté le mot « revue » ; Dostoïevski n'a pas participé à l'information au jour le jour ; ses articles sont des textes de réflexion, un peu analogues, si l'on veut, aux éditoriaux des quotidiens, mais plus développés. Il ne nous est pas facile de trouver, en cette fin de XXe siècle, l'équivalent de ce qu'étaient, il y a cent ans, les revues mensuelles destinées au grand public.

Pour reprendre un mot qui a aujourd'hui un peu vieilli dans ce sens, Dostoïevski avait réellement une vocation de publiciste et a cédé à cette vocation autant qu'il l'a pu, dès que l'occasion lui en était donnée.

Il faut tenir compte de certains traits qui font le vrai journaliste. Dostoïevski s'intéresse à l'actualité la plus brûlante ; il donne sur les questions qu'il aborde un avis ; il emploie des arguments que tout lecteur peut comprendre ; il a une doctrine, un certain nombre de grandes idées auxquelles il tient, et auxquelles il se tient. On pourrait dire la même chose de manière différente en faisant observer que sa culture historique, non négligeable, n'a de valeur à ses yeux que dans la mesure où il peut la mettre au service d'une analyse des événements contemporains ; qu'il n'apparaît jamais comme un spécialiste des questions économiques, politiques ou philosophiques ; que sa doctrine ne prend jamais l'aspect d'un système agencé rigoureusement dans le moindre détail.

JOURNALISTE ET ROMANCIER

Or ce journaliste écrit des romans. Il n'y a pas rupture entre les deux activités. Nombre d'écrivains, à ce moment-là, considèrent le roman comme une occasion d'informer le public sur un phénomène actuel et de donner leur avis, en exposant éventuellement de grandes idées. On trouverait un parfait exemple de ce type de romancier, et non dénué — tant s'en faut — de talent, chez Ivan Tourgueniev, que Dostoïevski connaissait et détestait. Tourgueniev s'est fait un nom avec le fort beau livre d'essais et de chroniques intitulé *Récits d'un chasseur*, ou *Notes d'un chasseur*, qui décrit, à travers l'expérience personnelle d'un citadin passionné de chasse, la campagne russe ; on estime que le réel succès de ce livre n'a pas été sans effet sur la décision prise, plus tard, d'abolir le servage. Tourgueniev a ensuite consacré divers romans, en général brefs et élégants, à diverses questions. C'est lui qui, dans *Pères et fils* (1862), où est peinte la nouvelle génération, celle des années 1860, lance le mot de « nihiliste », promis à un bel avenir. Il écrit un roman sur la question de l'émancipation des autres peuples slaves (*À la veille*, 1860), un roman sur les milieux russes qui vivent en Europe occidentale (*Fumée*, 1867), un roman sur les révolutionnaires des années 1870 (*Terres vierges*, 1876). Ces romans sont naturellement discutés, jugés, dans les journaux, revues et ailleurs, en fonction des questions qu'ils posent, et, le plus souvent, indépendamment de leurs qualités artistiques que tout le monde se plaît à reconnaître.

Il est parfaitement possible de dire que Dostoïevski a, de la même façon, composé des romans pour traiter de grandes questions d'actualité. *Crime et châtiment* est, si l'on veut, comme *Pères et fils*, un roman sur le mal d'être de la génération nouvelle, des jeunes gens des années 1860. *Les démons* (on a aussi traduit ce titre, moins exactement, par *Les possédés*) décrit, si l'on veut, les révolutionnaires violents des années 1870, comme *Terres vierges* de Tourgueniev décrit une autre espèce de révolutionnaires, les populistes. On trouve par ailleurs, dans presque tous les romans de Dostoïevski, des développements sur des problèmes d'actualité ; de ce point de vue, *L'idiot* et *Les frères*

Karamazov sont particulièrement riches. Il peut être important de noter que ces développements apparaissent aussi bien dans la bouche de certains personnages que sous la plume de l'auteur.

Sans doute faut-il rappeler que tous ces textes ont d'abord été publiés dans des revues. *Humiliés et offensés* a paru dans *L'Époque ; Le sous-sol* (on traduit aussi, plus exactement, *Mémoires écrits dans un souterrain*), dans *Le Temps*. Les autres œuvres ont, avant leur parution en volume, été achetées par *Le Messager russe* ou par d'autres publications périodiques, qui les donnaient au public par larges tranches : huit, par exemple, pour *Crime et châtiment*.

Ces faits incontestables font qu'il est extrêmement tentant de réduire les romans de Dostoïevski à l'exposé d'idées et d'idées facilement accessibles, même si elles ont parfois un aspect un peu déroutant. On pose la question de savoir où était Dostoïevski sur l'échiquier politique ; on décrit son passage d'un socialisme évangélique, de caractère quarante-huitard, à un conservatisme des plus intransigeants. On suit, en utilisant éventuellement sa correspondance, l'évolution de sa pensée religieuse. On s'inquiète de son antisémitisme, de sa virulence anticatholique, de son mépris pour l'Occident.

Pour un peu, on déduirait ses romans de ce que l'on sait être sa pensée ; on y verrait des illustrations d'une doctrine. C'est refuser de tenir compte d'une réalité pourtant frappante : les romans de Dostoïevski ont été composés dans la difficulté, dans les affres, avec le sentiment que l'essentiel n'était jamais dit. Le lecteur imagine alors — et Dostoïevski lui-même l'a pensé — que tout tenait aux circonstances : l'écrivain, pour mille raisons, a connu une existence difficile, il s'est débattu dans d'effroyables soucis d'argent ; il souffrait d'une terrible maladie, l'épilepsie, qui l'empêchait de travailler autant qu'il l'aurait voulu. Quand on lit les lettres écrites pendant la rédaction de *L'idiot*, on se dit que toutes ces difficultés se sont liguées pour mener l'écrivain jusqu'à l'angoisse, pour le persuader qu'il allait manquer tout à fait son roman, gâcher le plus beau sujet qui soit : la peinture d'un homme en tout point admirable. On se rappelle quelle est la dure condition imposée à quiconque publie en revue, et sous la pression de la nécessité, de la pauvreté : les premiers chapitres ne peuvent plus être modifiés, alors que la fin est encore floue, n'existe que sous forme de projet. On croit alors avoir compris l'aveu d'impuissance, ou l'abdication, que reflète l'un des derniers chapitres du roman : « Il s'était écoulé deux semaines depuis l'événement relaté au dernier chapitre ; et la situation de nos personnages avait changé au point qu'il nous est extrêmement difficile d'aborder la suite sans explications particulières. Et cependant nous sentons qu'il nous faut nous borner au simple exposé des faits, autant que possible sans trop d'explications, et cela pour une raison bien simple : nous sommes nous-mêmes embarrassés, dans bien des cas, pour expliquer ce qui s'est passé. Cet avertissement semblera bien étrange et peu clair au lecteur : comment raconter une chose sur laquelle on n'a ni idée nette, ni opinion personnelle[1] ? »

1. *L'idiot*, IVe partie, chapitre IX, trad. P. Pascal. Garnier/Flammarion, 1983, t. II, p. 320.

On a noté dans ce passage la présence, presque indiscrète, d'un auteur qui se donne pour tel : il est narrateur, et il n'appartient pas au monde de la fiction ; plus précisément, il fait passer pour réel ce monde fictif, mais il n'y occupe pas de place. Dans d'autres romans, Dostoïevski adopte d'autres possibilités : le narrateur des *Démons* est un personnage, qui joue un rôle très effacé dans le monde de la fiction, mais qui n'y est pas étranger : il est l'ami d'un des principaux personnages. Dans *L'idiot*, le lecteur est tenté de confondre absolument celui qui signe, Dostoïevski, avec celui qui écrit « nous » tout en restant anonyme.

Il faut remarquer, par ailleurs, que le narrateur, quel qu'il soit, en avouant son incapacité à accomplir sa tâche, indique, par contraste, en quoi elle consiste : « raconter une chose sur laquelle on a une idée nette et une opinion personnelle ». Ce couple de notions est tout à fait intéressant : il rappelle, dans un monde un peu différent, le vieux couple du classicisme : vraisemblance et bienséance ; il fait apparaître un lien quasi nécessaire entre la connaissance et l'évaluation ; l'écrivain, semble-t-il, doit à la fois observer et juger. C'est tout au moins ce que l'on attend de l'écrivain dit « réaliste » ; le classique, pour sa part, était invité à montrer les choses telles que chacun les voit et telles que chacun les approuve, à donner une représentation acceptable à tous égards, donc à respecter vraisemblance et bienséance. Le moderne a droit à un regard original et à une opinion personnelle ; mais il faut qu'il ait une opinion ; on ne peut pas décrire sans émettre, au moins implicitement, un avis.

Naturellement, il est bon que cette opinion personnelle ne choque pas trop l'opinion régnante. On pourrait en dire autant du journaliste, qui n'a pas intérêt à extravaguer complètement.

Que veut dire, dans ces conditions, la reculade de l'auteur de *L'idiot ?* Comment peut-on oser dire qu'on ne comprend plus une histoire, fictive, qu'on s'est engagé à raconter ? Est-il décent qu'un écrivain confonde à ce point sa personne privée et son rôle public qu'il fasse étalage, dans son roman, des difficultés qu'il éprouve à accomplir sa tâche ?

Il est plus que probable que, pour Dostoïevski, la difficulté tenait à tout autre chose qu'à des ennuis d'argent ou de santé, si terribles soient-ils. Il faut l'attribuer au genre même du roman, si l'on envisage de ne pas faire du roman un simple article de revue, illustré d'anecdotes plus abondantes et plus développées. Deux points doivent être mis en évidence.

TOUT DIRE

D'abord le point de départ du roman est une situation, ou plutôt une figure singulière, qui peut n'être pas vraie, qui peut même, dans une certaine mesure, manquer de vraisemblance. Au souci journalistique de donner des exemples probants s'oppose l'exigence littéraire de surprendre le lecteur, de l'étonner, de l'émouvoir.

Ensuite le roman, au moins le roman réaliste, doit donner des détails qui feront vrai, peut allonger les descriptions, offre en principe la possibilité de tout dire, parce qu'il impose d'éviter les généralités.

Paradoxalement, ces deux points sont liés.

Du second point, de cette nécessité de tout dire, on pourrait avoir un exemple très limité mais très parlant dans le rapport de Dostoïevski à la bienséance. Les lecteurs russes, et les éditeurs, poussaient la pudibonderie à un point presque invraisemblable ; mais Dostoïevski note, dans un carnet de *Crime et châtiment :* «*N. B.* — Dans certains points la confession ne sera pas chaste, il sera difficile de comprendre pourquoi elle a été écrite» (p. 581). En fait le livre n'accable pas le lecteur de détails scandaleux ; ce qui importe ici n'est pas tant la réalité du texte tel que nous le lisons que cette impression toute subjective dont l'auteur se faisait une montagne : il faudrait arriver à dire quelque chose de choquant, parce qu'il faudrait arriver à tout dire, à reproduire la réalité dans toute son ampleur, sous tous ses aspects.

Tout dire, c'est aussi rapporter les conversations jusqu'au moindre mot. Souci qui rend à peu près invraisemblable le « journal de Raskolnikov » dont l'auteur serait censé se rappeler, à la syllabe près, des dialogues qui ont duré des heures. « Si c'est une confession, aller jusqu'à la dernière limite, tout expliquer. Pour que tout soit clair à n'importe quel moment du récit » (p. 581)

De « tout dire », on passe à « tout expliquer ». Non seulement donner toutes les informations possibles, mais encore montrer comment elles se lient les unes aux autres.

« Tout expliquer ». C'est ce qu'un journaliste n'a pas le loisir de faire, même dans le cas où la revue qui l'emploie lui consent un espace illimité en principe. « Tout expliquer », c'est ce qu'un romancier ne peut pas faire, quoi qu'en pense Tourgueniev ou tout autre. Mais la situation est très différente : un journaliste doit fournir de ce qu'il rapporte une explication synthétique, satisfaisante ; tout au plus pourra-t-il suggérer que le niveau de généralité auquel il est contraint de se tenir l'oblige à effacer, à fausser certains détails, à oublier certains cas particuliers. Le romancier est aux prises avec un cas particulier, même s'il a le souci d'en faire ressortir la valeur exemplaire, typique. *Crime et châtiment* peint d'abord Raskolnikov, et suggère, mais secondairement, que ce personnage singulier est assez représentatif d'une certaine jeunesse ; il s'agit d'expliquer d'abord le comportement d'un être, si fictif soit-il ; il peut arriver que l'impossibilité avouée d'expliquer un comportement soit un moyen artistique de donner à cet être, pour employer des termes assez vagues, assez impressionnistes, plus de « réalité », plus d'« épaisseur », plus de « vie ». Peu importe pour l'instant l'irritante imprécision de ces termes ; ils peuvent servir à rappeler que, dans un roman, « tout expliquer » n'est pas le but premier.

Dostoïevski est peut-être un des premiers romanciers à avoir pensé que le rapport des idées, des grandes idées, aux personnages, n'était pas simplement un rapport d'illustration, comme dans une fable où, en principe, l'anecdote éventuellement absurde qui est rapportée — depuis quand les animaux parlent-ils ? — représente une application particulière, fantastique, mais formellement impeccable, de la vérité générale que l'on appelle la « morale ». Sans aucun doute personne avant lui n'avait appris si durement, à travers les angoisses et les scrupules, que la tâche de journaliste, tâche pour laquelle il se sentait fait, ne coïncide pas exactement avec celle du romancier.

NAISSANCE D'UN ROMAN

En septembre 1865, Dostoïevski écrit à Michel Katkov, directeur de la revue *Rousski Vestnik (Le Messager russe)*, pour lui proposer un roman dont il lui expose le sujet et le sens. Ce roman, qui s'appellera plus tard *Crime et châtiment*, est encore, selon toute vraisemblance, et quoi qu'en dise l'écrivain, à l'état d'ébauche. Un travail acharné sera nécessaire pour que puisse être remis à l'éditeur, dans le courant de décembre, un texte qui correspond à l'actuelle première partie et au début de la seconde. Ce texte paraît dans le numéro de janvier. Le roman est alors loin d'être fini.

La lettre à Katkov ne doit pas être lue trop vite. Il faut d'abord chercher à en comprendre la raison d'être et la finalité. Dostoïevski veut faire accepter par une revue avec laquelle il n'a pas l'habitude de travailler un roman dont il n'a écrit, probablement, que quelques pages. En exposant son sujet, il en fait valoir le côté journalistique ; il le montre en prise sur l'actualité. On n'a aucune raison de supposer qu'il déguise sa pensée ; sans doute est-il lui-même profondément convaincu que l'intérêt du projet est en relation étroite avec le moment : « L'action se déroule de nos jours, cette année même. Un jeune homme [...] s'est laissé prendre à certaines idées étranges, " imparfaites ", qui flottent dans l'air. »

Il est également convaincu que son futur roman doit développer une grande idée, dont il a des raisons de penser que celui auquel il s'adresse est disposé à l'accueillir favorablement. Certes, l'écrivain tient à cette idée de toutes ses forces ; il faut simplement penser que s'il la met en avant c'est parce qu'il estime que Katkov doit l'apprécier. Il dit de son personnage encore, semble-t-il, anonyme : « Des questions insolubles se posent au meurtrier, des sentiments insoupçonnés, inattendus, tourmentent son cœur. La justice divine, la loi terrestre entrent en jeu et — finalement — il est obligé de se dénoncer lui-même [...], de prendre sur lui la souffrance, pour racheter son acte. Mais il ne m'est pas facile d'expliquer complètement ma pensée. »

Il n'est pas facile d'expliquer cette pensée parce que le roman n'est pas écrit. Mais peut-on être sûr que le roman ait pour fin d'expliquer cette pensée ?

De la même façon, on devrait ne pas confondre avec une enquête journalistique le projet dont Dostoïevski a, le 8 juin 1865, entretenu un autre correspondant, Kraïevski. Il s'agit d'un roman qu'il voudrait publier dans la revue *Otietchestvennie Zapiski (Les Annales de la patrie)*. Il écrit : « Mon roman s'appelle " Les poivrots " et sera en relation avec la question, très actuelle, de l'alcoolisme. Je ne me contenterai pas d'y examiner la question, je montrerai aussi toutes ses incidences, particulièrement sur la vie des familles, l'éducation des enfants, etc. »

Là encore, il s'agit de faire valoir ce qui peut intéresser un lecteur de revues : la question de l'alcoolisme et celle de la prostitution, qui sont liées. Dostoïevski parle de ce futur roman comme s'il s'agissait d'un article de sociologie. C'est qu'il se met à la portée de son correspondant.

Kraïevski avait opposé un refus. Katkov accepta.

Nous ne savons pas à quel moment les deux projets ont fusionné. Nous lisons dans le texte actuel du roman le résultat de la fusion, puisque, dès le second chapitre de la première partie, Raskolnikov, le futur assassin, rencontre Marmeladov l'ivrogne dans un cabaret crasseux de Pétersbourg.

On a soutenu que les deux récits étaient encore indépendants l'un de l'autre au milieu de septembre 1865, lorsque Dostoïevski a écrit à Katkov : il est de fait que sa lettre ne souffle mot ni de l'ivrogne, ni de sa fille la prostituée, alors qu'il fait des allusions pour nous limpides à d'autres personnages que nous connaissons bien. Le héros, écrit-il, « est décidé à tuer pour faire le bonheur de sa mère qui vit en province, pour protéger sa sœur, qui est dame de compagnie dans une famille noble, contre les entreprises indécentes du chef de cette famille. » Nous savons qu'il s'agit de Pulchérie Alexandrovna, de Dounia et du sinistre Svidrigaïlov.

Jetons pourtant un coup d'œil sur les carnets qui ont été conservés.

Il existe trois carnets de *Crime et châtiment*, dont la numérotation est erronée : le plus ancien est celui qui a reçu le numéro 2. A l'intérieur de chaque carnet, on ne sait trop dans quel ordre ont été prises les notes. Il semble que l'écrivain ne s'en soit pas soucié, ait ouvert au hasard, écrit dès qu'il trouvait un peu de place.

L'édition de *Crime et châtiment* accessible en Pléiade reproduit (p. 687-906) le document tel qu'il a été publié, en russe, en 1931 (la nouvelle édition publiée à Leningrad en 1973 donne un texte plus exact dans le détail, mais sans changements importants, sauf une tentative assez peu convaincante pour établir l'ordre chronologique des fragments). La traduction est due à Boris de Schloezer.

On trouve, épars dans le carnet n°2, un ensemble dont la continuité est visible ; on a pris l'habitude de donner à cet ensemble le titre de « journal de Raskolnikov », titre qui n'est pas de Dostoïevski. Le « journal » figure deux fois dans l'édition de la Pléiade, une fois dans l'ordre de la narration (p. 627-686), et une fois sous forme de fragments dispersés dans le carnet n°2. Il s'agit d'un même texte, mais il a été traduit par deux traducteurs différents : Boris de Schloezer pour les carnets, et Vladimir Pozner pour le journal qui en est extrait. Vladimir Pozner a ajouté un choix de notes prises dans les carnets, et que reproduit également l'édition de la Pléiade. Il va de soi que chacune de ces notes figure aussi, traduite par Boris de Schloezer, dans les carnets. L'édition Folio donne seulement ce dont Vladimir Pozner a assuré la traduction : le « journal », avec le choix de notes.

Ces précisions peuvent être utiles. Malgré l'avertissement de l'éditeur qui se trouve à la page 615, plus d'un lecteur de la Pléiade s'est égaré dans ce labyrinthe.

Il faut ajouter que, pour des raisons qui restent mystérieuses, la traduction de Boris de Schloezer ne fait pas apparaître, en tête du carnet 2, la mention « 7 août » qui se trouve dans le manuscrit original.

UN IVROGNE ASSEZ SINGULIER

Si l'on admet que le carnet n°2 a été commencé le 7 août et que les premières pages ont été remplies à la suite, c'est très tôt qu'est apparu, dans l'imagination de l'écrivain, un personnage appelé « le fonctionnaire », et dont l'histoire est, dès le début, mêlée à celle de l'assassin : « La rage m'étouffait, je me couchai. Souvenirs : le cheval à coups de bâton (MITIA). Le fonctionnaire avec la bouteille[1]. »

1. Pléiade, p. 748.

On aura reconnu le rêve du chapitre V de la première partie et l'épisode avec Marmeladov. On aura aussi noté la première personne : il en sera question plus loin.

Dans les pages qui suivent, toute la scène avec Marmeladov est esquissée, par fragments, mais dans l'ordre même qui sera celui du texte définitif. On a donc de fortes raisons de penser que cette scène est, pour Dostoïevski, un moment essentiel de son roman : il l'a notée très tôt et n'en a jamais modifié l'architecture.

On en viendrait alors à dire ceci : en tant que journaliste écrivant à un journaliste, Dostoïevski fait observer que son roman à venir est un roman sur l'alcoolisme et ses conséquences sociales ; en tant que romancier, Dostoïevski note, comme matériaux à utiliser plus tard, un rêve et l'invraisemblable discours d'un ivrogne qui paraphrase l'Évangile, raconte à sa manière le Jugement dernier, et finit par s'écrier : « Seigneur, que Ton règne arrive[1]. »

1. Évangile selon saint Luc, VII, 47.

Il serait possible de supposer que le personnage qui recevra bientôt le nom cocasse de Marmeladov est né d'une impossible synthèse : il devrait être typique de sa catégorie, donc représenter les ivrognes d'une certaine classe sociale ; il devrait par ailleurs prononcer, en prophète, certaines paroles de vérité, et d'abord proclamer que Dieu est la miséricorde même, que sa miséricorde s'exerce sans limites, qu'elle n'exclut aucun pécheur. Dans un roman qui raconte un crime et son châtiment, cette vérité n'est pas d'une petite importance : la notion de pardon est évidemment essentielle. Et il n'est pas indifférent qu'elle soit publiée par un individu qui a lui-même besoin qu'on lui pardonne.

L'ivrogne cite l'Évangile à plusieurs reprises. Il reprend en particulier, avec quelques modifications qui n'en altèrent pas le sens, la phrase : « Je t'ai déjà pardonné une fois... pardonné une fois... et maintenant que tous tes péchés te soient remis, car tu as beaucoup aimé » (p. 25). La citation s'applique évidemment à Sonia, fille de Marmeladov ; Sonia fait vivre toute la famille en se prostituant. Or la femme à laquelle s'adresse la phrase du Christ est « une pécheresse dans la ville ». Et le pardon accordé suscite quelque scandale parmi les assistants.

C'est de cette possibilité de scandale que joue le texte de Dostoïevski. Non seulement la prostituée sera, dans la suite du roman, le seul vrai guide spirituel du criminel, mais encore la plus lumineuse, la plus vénérable des vérités est proclamée au fond d'un cabaret crasseux par un personnage dont la moralité n'est pas exemplaire.

Lorsque le roman a été connu en France, peu après la mort de son auteur, nombre de lecteurs se sont convaincus que l'invraisemblance était explicable par la sauvagerie du peuple russe ; il s'agissait, pensait-on, d'un monde tout à fait différent, où tout était possible. Et l'on n'était pas loin de croire que tous les ivrognes russes citent l'Évangile au cours de leurs déclamations avinées. On a, pour expliquer un personnage singulier dans tous les sens du mot, inventé un type assez fantastique.

Il est vrai que, pour certains Russes contemporains de Dostoïevski, le texte biblique était comme une nourriture quotidienne. On trouvera dans Tchekhov, auteur semble-t-il parfaitement agnostique, des portraits de personnages qui parlent comme naturellement la langue pourtant un peu étrange de l'Écriture et de la liturgie[1]. Mais — il importe de le noter — Marmeladov n'a rien à voir avec la tradition populaire, paysanne, des errants, des pèlerins, des illuminés, des sectaires, monde immense que représenterait assez bien, dans le roman même, le personnage de Nicolas, le petit peintre qui s'accuse du crime. Marmeladov est fonctionnaire ; telle a été sa première définition dans les carnets, avant même qu'il ait reçu un nom. Ce titre de « fonctionnaire » suppose une certaine instruction, à l'occidentale, un certain mode de vie, tout profane. Même modeste, le grade de conseiller titulaire, qui correspond au grade de capitaine dans l'armée, confère la noblesse à titre personnel, donc fait de celui qui le porte un individu étranger au peuple. Marmeladov n'a pas de barbe. C'est un détail que le texte note : « Il ne portait pas la barbe comme tous les fonctionnaires » (p. 13). Si ambiguë que soit la traduction, le sens ne fait aucun doute ; il faut comprendre : aucun fonctionnaire ne porte la barbe ; or le personnage est fonctionnaire, donc...

1. Voir par exemple *Les moujiks*.

Dans le texte définitif, son éloquence provoque de curieuses réactions :

« Il se laissa tomber sur le banc, épuisé, sans regarder personne, comme s'il avait oublié tous ceux qui l'entouraient dans la profonde rêverie qui l'absorbait. Ces paroles produisirent une certaine impression, le silence régna un moment, puis les rires reprirent de plus belle, mêlés aux invectives.

« " C'est du propre !

— Radoteur !

— Bureaucrate ! " » Etc. (p. 26).

Ce dernier mot, en russe *tchinovnik*, a un sens très précis. Les clients du cabaret, petits-bourgeois[1] ou hommes du peuple, considèrent Marmeladov comme appartenant à une autre classe. On retrouvera le même mouvement d'humeur à la fin du roman, lorsque, docile aux suggestions de Sonia, Raskolnikov s'agenouille sur la place publique pour avouer son crime ; ce geste provoque des rires : « En voilà un qui a son compte » (p. 553).

Un personnage anonyme interprète convenablement l'attitude de Raskolnikov et en comprend le sens religieux, mais, comme il est « pris de boisson », personne ne fait attention à ce qu'il est en train de dire : « C'est un pèlerin qui part pour la Terre sainte, frères. » Un autre, la « voix grave », semble s'indigner : « Un noble ». »

Le peuple identifie sans peine, semble-t-il, ces privilégiés dont on n'attend pas qu'ils mêlent à la vie courante les choses de la religion. On n'attend pas qu'ils partent à pied en pèlerinage. On n'attend pas qu'ils s'age-

1. La traduction, habituelle, du mot *miechtchanin* par « petit-bourgeois » frise le faux sens. Dans la Russie tsariste, ce mot désigne une classe d'artisans et de petits commerçants, officiellement placée au-dessous de la classe des marchands.

nouillent sur une place publique pour avouer leurs forfaits.

Marmeladov se trouve à l'intersection d'ensembles presque disjoints. Sa capacité à représenter ces ensembles, comme devrait le faire un personnage honnêtement typique, s'amenuise singulièrement. Un fonctionnaire ivrogne servirait à montrer que l'alcoolisme fait des ravages dans toutes les classes de la société. Il faudrait alors qu'il soit un fonctionnaire conforme au type courant, et qu'il ne mêle pas des citations de l'Évangile à tous ses discours comme certains marchands vieux-croyants ou comme certains paysans attirés par les sectes illuminées.

On l'a montré il y a longtemps, les personnages de Dostoïevski s'imposent d'abord par la particularité de leur langage. Chacun a sa manière de parler, inimitable. Et c'est bien ce style, ou plutôt cet invraisemblable mélange de styles qui fait exister Marmeladov, beaucoup plus que sa place dans une classification sociale un peu simple. On peut identifier des phrases de style officiel, administratif, des phrases de roman sentimental, des expressions qui viennent de livres édifiants, tout un jeu sur l'appropriation par la conversation quotidienne de formules empruntées à différents styles écrits, dont celui de l'Évangile. On peut aussi s'arrêter sur des calembours grinçants, en particulier sur celui qu'avait déjà noté Dostoïevski dans ses carnets[1]. « Qu'en pensez-vous, mon cher monsieur, elle a besoin de se tenir propre

1. Pléiade, p. 751 (voir aussi p. 714). Dans les carnets, le mot PROPRETÉ est écrit en majuscules.

à présent. Cette propreté coûte de l'argent, une propreté spéciale, vous comprenez ? » (p. 24).

Le mot russe, *tchistota*, dans un contexte différent, pourrait très bien être rendu par « pureté ». Le calembour joue là-dessus. Il épingle Marmeladov entre la boue et le ciel, entre le sarcasme crasseux et la nostalgie d'une perfection. Mais il ne faut pas s'y tromper : c'est le calembour que Dostoïevski note dans son carnet, et non l'interprétation qu'on peut en donner. C'est le calembour, le ton sinistre et méchant du calembour qui l'intéresse. Le personnage a été inventé par ses paroles beaucoup plus que par l'analyse de sa psychologie.

NARRATION À LA PREMIÈRE PERSONNE ?

Si l'on avait des doutes sur l'importance que l'écrivain accordait à la scène entre Raskolnikov et Marmeladov, on devrait observer un autre détail : comme la scène du rêve qui occupe le chapitre V, et dont nous savons que les carnets en mentionnent la nécessité en même temps que celle du « fonctionnaire à la bouteille », la rencontre avec Marmeladov est précédée, dans le texte définitif, d'une petite introduction de caractère général : « Il nous arrive parfois de rencontrer des personnes, souvent des inconnus, qui nous inspirent un intérêt subit, à première vue, avant même que nous ayons pu échanger un mot avec elles. Ce fut l'impression que produisit sur Raskolnikov l'individu assis à l'écart, et qui ressemblait à un fonctionnaire en retraite » (p. 12).

Le pronom « nous » qui figure à plusieurs reprises dans la première phrase, désigne clairement l'auteur et son lecteur, en tant qu'ils sont des êtres humains, et sans aucune référence à leur identité particulière. C'est un auteur comme tel qui parle, et non Fedor Mikhaïlovitch Dostoïevski.

Le même caractère général peut être obtenu sans recours à la première personne, comme dans la phrase qui introduit le rêve du petit cheval : « Les songes d'un homme malade prennent souvent un relief extraordinaire et rappellent la réalité à s'y méprendre » (p. 60)[1].

1. On trouve un « nous » d'auteur à la fin du paragraphe.

Pour que puissent être réalisées des mises en relief comme celles que permettent ces introductions générales, il fallait renoncer à faire raconter le roman par un personnage. Or nous savons qu'initialement Dostoïevski avait envisagé une narration à la première personne ou plutôt, pour traduire au plus près les termes dont il se sert, une narration menée « à partir du héros ». Il avait sans doute rédigé de cette manière un certain nombre de chapitres qu'il dit avoir détruits ; pour écrire certains de ces chapitres, il avait manifestement utilisé ce que les carnets nous ont conservé et que nous intitulons « journal de Raskolnikov ».

Le mot de « journal » est employé par Dostoïevski lui-même dans ses notes. Le sens en est précis : Raskolnikov, personnage et narrateur, est censé écrire au jour le jour.

Les effets de la technique narrative qui utilise le journal intime sont bien connus : elle produit un récit rétrospectif et discontinu, susceptible de révision. Le récit est rétrospectif, puisque le narrateur est censé raconter ce qui vient de se produire, et non ce qui est en train de se produire : par exemple, il relate, le soir, les événements de la journée. Le récit, évidemment discontinu, est susceptible de révision, puisque le narrateur, par hypothèse, peut ne pas connaître au moment où il écrit tous les détails des événements qu'il rapporte et dont il est souvent amené à modifier, plus tard, l'interprétation. Ces particularités sont la conséquence du principe initial : le journal intime met en scène l'acte de raconter aussi bien que les autres actes qui font l'histoire.

On note, en lisant le « journal de Raskolnikov », que la mise en scène est très discrète : dans ce que nous pouvons lire figure une date, et une seule, celle du 16 juin. Une indication est fournie sur le lieu où sera caché le manuscrit du journal ; mais, cette indication donnée, on semble ne plus se souvenir que le manuscrit pourrait tomber entre les mains de curieux ; très tôt disparaissent aussi les notations qui font saisir au lecteur la présence d'un monde autour de celui qui est supposé écrire, comme, par exemple : « Nastassia vient de monter chez moi » (p. 595)[1].

En fait, on semble avoir affaire à un récit introduit par quelques remarques sur le cadre dans lequel il est écrit, et non à cette constante alternance de passé et de présent qui caractérise le journal intime, qu'il soit réel ou fictif.

1. À la page suivante, la mention : « tiens, voilà les ivrognes qui sortent des cabarets, il est près de trois heures », devrait figurer entre guillemets, comme dans l'original. Le personnage qui raconte est supposé lancer cette exclamation dans le temps dont il parle et non dans le temps qu'il vit.

Dans des brouillons postérieurs, on trouve un autre type de texte, très proche de ce que Dostoïevski avait commencé à écrire sous ce nom, ici fallacieux, de « journal ». Il est commode d'appeler « confession » cet autre mode de narration[1]. C'est encore un récit continu, mais le moment où il est censé avoir été écrit est tout autre : il se situe après l'arrestation de Raskolnikov. En fait, le fragment que nous pouvons lire ne raconte que la rencontre avec Marmeladov. Il n'est donc pas possible d'y trouver trace de ce qui caractérise une autobiographie : écrit après les événements, alors qu'il ne se passe plus rien, ce type de récit suppose que son auteur dispose de toutes les informations possibles, et qu'il est en mesure de donner une interprétation définitive. Dans le cas présent, Raskolnikov, dans sa narration, aurait tenu compte par exemple du fait que la police ne l'avait jamais soumis à interrogatoire, qu'il avait fini par avouer spontanément ; il aurait pu aussi expliquer comment il avait été amené à tuer, et porter un jugement sur son acte.

Diverses notes montrent que, pendant un certain temps, Dostoïevski a hésité entre les deux solutions. On lit en effet : « Autre plan : Récit du meurtrier huit ans plus tard (pour le placer dans un recul définitif) » (p. 581)[2]. Mais on trouve aussi des formules comme : « Si c'est un journal » (p. 582)[3]. Dans les deux cas, le héros était le narrateur.

Un changement important, qui nous donne maintenant l'impression d'avoir

1. Pléiade, p. 842, pour le mot « confession ». Le texte qui commence par « inculpé », p. 697, est sans doute une tentative pour écrire cette confession.

2. On serait plus exact si l'on traduisait « nouveau plan, récit du meurtrier, huit ans auparavant (pour le mettre complètement de côté) ». C'est la traduction de B. de Schloezer dans la Pléiade (p. 727).

3. B. de Schloezer traduit : « si sous forme de journal ». Il a raison (Pléiade, p. 733). On a des raisons de supposer que cette phrase a été notée dans le carnet antérieurement à la précédente, bien qu'elle vienne plus tard dans l'ordre des pages.

déclenché le processus de création, intervient lorsque l'auteur décide de renoncer au journal et à la confession, pour écrire, comme nous dirions, à la troisième personne. « Récit de l'auteur et non du héros » (p. 581)[1]. « Récit de l'auteur » ne signifie nullement que l'auteur se met en scène et emploie pour se désigner lui-même dans sa réalité empirique d'écrivain le pronom de la première personne. La présence de l'auteur, dans *Crime et châtiment*, est extrêmement discrète. On la relève, comme nous l'avons vu, dans certaines phrases générales, et jusque dans les derniers mots du roman : « Mais ici commence une autre histoire, celle de la lente rénovation d'un homme [...]. On pourrait y trouver la matière d'un nouveau récit, mais le nôtre est terminé » (p. 577).

1. On serait peut-être plus clair si on traduisait : « Le récit vient de l'auteur, non du héros. » Il est probable que, malgré la numérotation des pages, cette note est postérieure à celles qui viennent d'être citées.

Si discret soit-il, l'auteur, dans *Crime et châtiment*, existe et s'exprime comme tel.

Si l'on poursuit la lecture des œuvres du romancier, on verra que la question est loin d'être réglée une fois pour toutes : à la fin de *L'idiot* (1867), un auteur qui se présente comme tel, et parle de lui-même à la première personne, déclare — nous l'avons vu — renoncer à son privilège de témoin placé au-dessus de toute la fiction ; dans *Les démons* (appelé aussi *Les possédés*, 1870), Dostoïevski choisit de faire raconter l'histoire par un personnage secondaire qui se donne le rôle d'enquêteur et de chroniqueur ; il revient à la première personne, à l'autobiographie avec *L'adolescent* (1873), mais *Les frères Karamazov* reprennent le principe du chroniqueur, tout en lui donnant si peu de relief qu'on finit par l'oublier.

Il faut aussi se rappeler que, dans les années qui ont précédé *Crime et châtiment*, Dostoïevski a écrit deux œuvres importantes où le rôle du narrateur est tenu par le personnage principal. Il s'agit du roman intitulé *Humiliés et offensés* et de la longue nouvelle qu'on appelle *Le sous-sol*. Il serait possible de penser que *Crime et châtiment* s'est, pour ainsi dire, écrit tout seul, par habitude, à la première personne, et que l'intervention du narrateur, décidée un peu tard, a quelque chose d'une révolution.

À QUOI SERT UN NARRATEUR

Peut-il exister un narrateur qui sache tout ? Peut-il exister un narrateur qui porte sur les événements un jugement équitable ? Les deux interrogations sont jointes, et l'on retrouve une fois de plus les ambiguïtés de la poétique classique où la vraisemblance semble n'être parfois qu'un autre nom de la bienséance. Psychologie et morale ont partie liée. Un narrateur idéal devrait comprendre toutes les réactions de ses personnages, en expliquer le déroulement, et, du même coup, montrer ce qui, dans ces réactions, est louable et ce qui ne l'est pas.

Pourquoi Raskolnikov a-t-il tué ? Quelle est l'erreur qui a pu mener au crime abject ce jeune homme intelligent et généreux ? Voilà deux questions qui ne peuvent se résoudre isolément ; elles en induisent une autre, qui n'a d'ailleurs pas de solution non plus : quelqu'un est-il en mesure de répondre, de dire ce qui s'est passé dans l'âme du héros ?

Le choix d'un mode de narration n'est pas sans rapport avec le sujet même du roman. Le sujet même du roman ne se réduit pas au projet qu'expose la lettre à Katkov : dans ce projet, tout est clair ; on sait en quoi consiste l'erreur du héros. Le travail sur le roman consiste à s'apercevoir qu'en fait, rien n'est clair. Et paradoxalement, la présence d'un narrateur extérieur à la fiction doit servir à montrer que rien n'est clair.

On pourrait suggérer que Dostoïevski a décidé d'adopter un nouveau mode de narration à cause des difficultés qu'il rencontrait dans le maniement de la confession ou de ce qu'il appelait le journal. Ces deux textes multiplient en effet des notations qui tendent à contester la véracité de la narration, et jusqu'à sa possibilité. Raskolnikov répète qu'il ne se rappelle pas bien, qu'il a oublié, qu'il n'est pas sûr ; surtout il insiste sur le caractère involontaire, voire incompréhensible, de certaines de ses réactions. « Je ne comprends pas moi-même ce qui se passait en moi[1]. » Une narration à la troisième personne permet d'intégrer plus facilement toutes ces remarques. On observe, dans le texte définitif, la présence fréquente de formules dubitatives ; deux types se distinguent et se mêlent : certaines expressions font état d'une difficulté d'interprétation, et d'autres impliquent une prise de conscience décalée. Les deux types coexistent, par exemple dans ce passage écrit à propos de Sonia : « Plus tard même, quand il lui arrivait d'évoquer cette minute, tout lui en semblait étrange, miraculeux ; d'où lui était venue cette certitude *immédiate* de ne s'être pas trompée ? Car, enfin, elle n'aurait pu prétendre avoir pressenti cette confession ! Et cependant, à peine lui eut-il fait son aveu,

1. Pléiade, p. 783. V. Pozner, dans sa traduction du « journal de Raskolnikov » qui figure dans l'édition Folio, a omis le passage, on ne sait pourquoi.

qu'il lui semblait l'avoir deviné d'avance » (p. 434).

L'expression « plus tard » rappelle le mode de récit qu'il est commode d'appeler « confession » ou « autobiographie » ; elle permet de représenter un dédoublement réflexif du personnage : c'est seulement avec le recul du temps que Sonia peut acquérir une certaine conscience de ce qui s'est passé. Mais, dans cette phrase, la conscience bute sur une difficulté d'interprétation : le personnage, même après coup, ne peut pas comprendre ce qui lui est arrivé ; plus rigoureusement, il comprend qu'il ne comprend pas. Et le mot le plus important est peut-être le verbe « sembler », qui appelle l'interprétation, et la rend impossible.

Le point de vue du narrateur offre beaucoup d'analogies avec le point de vue rétrospectif du personnage. Conscient par définition — ce narrateur-là est une conscience et non, rappelons-le, une personne —, le narrateur est constamment aux prises avec des questions d'interprétation. Il peut prétendre qu'il ne comprend pas ce qui se passe dans la tête de son personnage. Il décrit des visages, des mimiques, rapporte des paroles et n'est pas obligé de savoir ce que signifient ces mimiques, ces paroles.

On attendrait pourtant que le narrateur d'un roman réaliste, tel qu'il se pratique au moins depuis Balzac, se présente comme un analyste, qu'il devine la raison secrète des comportements qu'il évoque, et qu'il soutienne en savoir plus long sur les personnages que les personnages eux-mêmes.

Dostoïevski n'utilise pas souvent cette possibilité. Le sujet de l'acte narratif est chez lui une conscience, mais ne s'identifie pas pour autant à une conscience absolue, à une divinité omnisciente. Certes *Crime et châtiment* ne pose pas aussi nettement que *L'idiot* la question de savoir si le rôle de narrateur souverain est tenable. Et l'on pourrait s'y tromper. On pourrait s'y tromper d'autant plus que Dostoïevski a noté, dans un carnet : « Supposer que l'auteur est un être *omniscient et infaillible* qui expose aux regards de tous un homme de la nouvelle génération » (p. 581). Mais ce n'est pas une déclaration d'écrivain qui éclaircira les choses, c'est la lecture détaillée du roman. Cette lecture montre que le recours à un narrateur extérieur à la fiction sert, dans *Crime et châtiment*, non pas à proposer un discours véritable, une explication rassurante de tout ce qui se passe, mais tout au contraire à empêcher le héros de tenir pour son propre compte ce discours.

Le trait le plus remarquable serait peut-être celui-ci : il est souvent impossible de faire le départ entre le discours du personnage et celui du narrateur ; des phrases entières peuvent appartenir à l'un comme à l'autre, et l'on ne sait à quoi s'en tenir que dans un cas : lorsque le monologue du héros figure expressément entre guillemets. Même dans un texte où certaines distances apparaissent, on arrive difficilement à opposer tout à fait deux façons de voir la même réalité. « Il était de plus en plus terrifié, surtout depuis le second meurtre qu'il n'avait point prémédité, et il se pressait de fuir. S'il avait été à cet instant capable de mieux réfléchir, de comprendre les difficultés de sa situation sans issue, son horreur, toute son absurdité, d'autre part d'imaginer combien d'obstacles il lui restait à surmonter et de crimes à commettre pour s'arracher de cette maison et rentrer chez lui, peut-être aurait-il abandonné la lutte et serait-il allé se livrer, non par pusillanimité sans doute, mais par horreur de ce qu'il avait fait. C'était le dégoût surtout qui augmentait en lui de minute en minute » (p. 88).

Les réflexions au conditionnel, « s'il avait été capable... », appartiennent évidemment au narrateur. À ce moment précis, juste après le meurtre, elles demeurent étrangères à Raskolnikov ; mais il ne tardera pas à les exprimer pour son propre compte : la tentation d'aller se dénoncer, par lassitude et par dégoût, l'obsède presque tout au long du roman. Ici, finalement, la voix du narrateur n'est, malgré toutes les apparences, pas très distincte de celle du héros. Raskolnikov ne songe qu'à fuir, qu'à échapper à la justice ; il est à deux doigts de se dire qu'il ferait mieux, au contraire, de se livrer, pour être enfin tranquille. Cette seconde manière de voir les choses n'est pas pour autant la vraie, même s'il est incontestable que, à la fin de l'œuvre, la lassitude et le dégoût finiront par l'emporter, mêlés à mille autres sentiments. Le narrateur ne semble nullement sûr de son fait ; il accumule les « peut-être », les « sans doute », tente de deviner sans pouvoir y parvenir. Son rôle n'est pas de ruiner le discours du héros, mais de le compliquer.

Dans un livre célèbre et singulièrement perspicace[1] Mikhaïl Bakhtine a introduit, pour décrire les romans de Dostoïevski, l'utile notion de « polyphonie ».

Bakhtine montre que nulle vérité définitive ne s'impose à la fin de dialogues interminables, que les points de vue adverses peuvent ne pas s'affronter directement, et que rien ne vient réduire finalement leur multiplicité. Pour simplifier de manière grossière mais peut-être éclairante, on pourrait dire que le critique a tiré toutes les conséquences possibles d'un fait visible : dans *Les frères Karamazov*, on ne sait jamais qui, d'Ivan ou de Zossima, de l'athée et du religieux, a en dernier recours raison ; on le sait d'autant moins que les deux personnages ne sont pas face à face, que leurs discours sont juxtaposés par la narration, mais non opposés dans une scène conflictuelle.

L'analyse de Bakhtine va beaucoup plus loin que cette très simple constatation. Elle montre, en particulier sur l'exemple de Raskolnikov, que le discours du personnage lui-même peut être polyphonique, qu'il inclut des énoncés empruntés aux discours de plusieurs autres personnages, qu'il ne cesse de se modeler sur ces discours changeants, et ne se fige jamais en une pensée sans équivoque[2].

Il serait possible de soutenir que le narrateur joue un rôle important dans cette polyphonie. Ses discours à la troisième personne servent à contester, à compliquer ce que le discours du personnage pourrait avoir de trop net. S'il est vrai que le personnage est polyphonique, il faudra soutenir que le narrateur

1. Le titre du livre varie selon les traducteurs. On trouve : *Problèmes de la poétique de Dostoïevski*, qui est un calque du titre russe (Lausanne, l'Âge d'Homme, 1970) ; on trouve aussi, plus simplement : *La poétique de Dostoïevski* (Paris, Seuil, 1970).

2. Voir Dossier, p. 174.

anonyme, le narrateur étranger à la fiction, sert de résonateur à certaines de ses voix.

De ce point de vue, son rôle n'est pas sans analogie avec celui qui incombe à d'autres personnages que le lecteur est tenté de considérer comme des doubles du héros, et qui, présentés plus vite, sont plus près que lui de la figure du personnage traditionnel, semblent plus cohérents, plus constants, mieux maîtrisés.

On comprend alors pourquoi l'analyse du mode de narration ne peut pas se faire en l'absence de toute considération sur l'histoire du texte. Le narrateur impersonnel de *Crime et châtiment* n'est pas n'importe quel témoin objectif, qu'on aurait tendance à identifier avec une conscience absolue. C'est d'abord le produit d'un refus, d'une décision de l'écrivain : il ne sera pas dit que Raskolnikov puisse être le seul maître de sa propre histoire, de sa propre pensée, de ses propres paroles.

UN ROMAN POLICIER ?

La donnée narrative de *Crime et châtiment* comporte une enquête policière. Et il n'est pas inutile de chercher à savoir ce que son déroulement peut apprendre au lecteur sur la question qui se pose à lui dès le début du roman : que s'est-il passé au fond de la conscience de Raskolnikov ?

On observe que, par une curieuse coïncidence, c'est la même année, en 1866, que paraissent *Crime et châtiment* et, à l'autre bout de l'Europe, un roman que deux journaux ont déjà donné au jour le jour : *L'affaire Lerouge*, d'Émile Gaboriau, que l'on s'accorde aujourd'hui à considérer comme l'ancêtre de tous les romans policiers.

Dostoïevski a-t-il lu *L'affaire Lerouge* ? Peu importe. Il a dévoré nombre de ces romans-feuilletons qui doivent leur existence au développement relativement récent du journal à grande diffusion. Il est familier avec le monde fictif où, entre la haute pègre et la grande aristocratie, se promènent les héros d'Eugène Sue et de ses imitateurs. On soutient, non sans vraisemblance, que son propre livre *Humiliés et offensés* n'est pas très loin, à certains égards, des *Mystères de Paris*.

Ce qui fait l'originalité de *L'affaire Lerouge*, au milieu de toute la production dite « populaire », c'est que l'auteur, bien avant Conan Doyle et Agatha Christie, a construit son livre autour d'une enquête criminelle et donné un rôle de toute première importance à un détective qui, trait singulier et prémonitoire, n'est pas un professionnel. Gaboriau n'est certes pas le premier à introduire des policiers dans le roman ; on pense à Balzac, à son Vautrin ; à Hugo, au Javert des *Misérables*. On pense aussi à Edgar Poe, au *Double assassinat dans la rue Morgue*, dont Baudelaire a publié une traduction en 1855.

Mais le récit de Poe est une nouvelle, qui propose peu de péripéties. *L'affaire Lerouge* est un roman assez long parce que l'auteur utilise, avec une incontestable habileté, la technique du leurre. Le personnage central du livre est l'enquêteur, dont les hésitations, les découvertes, les bévues font avancer l'histoire beaucoup plus que les réactions des différents suspects. Il croit avoir découvert le coupable, et il s'est trompé. L'erreur vient de ce qu'il a cru aveuglément à ce que révélaient les indices matériels, sans tenir compte des vraisemblances psychologiques.

On retrouve dans *Crime et châtiment* une affaire criminelle, un enquêteur de première force ; on retrouve aussi la technique du leurre : le petit peintre s'accuse du meurtre, et la police est bien obligée de le croire, ou de faire comme si elle le croyait, puisque l'aveu est spontané. On retrouve enfin la question manifestement importante à l'époque, du conflit entre ceux qui ne se fient qu'aux preuves matérielles et ceux qui tiennent le plus grand compte de la psychologie. Porphyre Petrovitch, le juge d'instruction, appartient en principe à la première école, et se désole de ne posséder aucun indice matériel qui lui permette d'inculper Raskolnikov à coup sûr.

Ces points étant établis, la différence entre les deux livres saute aux yeux : dans le roman de Dostoïevski, l'identité de l'assassin est connue dès le début, avant même que le crime ne soit commis. Et c'est du point de vue de cet assassin, et non de celui de l'enquêteur, que le récit est mené.

Récit, certes, à la troisième personne, mais toujours présenté en fonction de Raskolnikov, au moins tant que celui-ci est en scène. En particulier lorsque se déroule une discussion entre Porphyre Petrovitch et

Raskolnikov, le lecteur ne peut pas deviner les pensées que le magistrat n'exprime pas, mais a l'impression de connaître toutes celles qui passent par la tête du jeune homme. Il se trouve donc dans une position qui coïncide exactement avec celle du héros : il entend des paroles et cherche à en interpréter le sens ; il se pose, sans être en mesure d'y répondre sûrement, la question de savoir si son interlocuteur n'est pas beaucoup mieux informé qu'il ne veut le dire. Même la phrase : « Mais c'est vous, Rodion Romanovitch, c'est vous qui avez assassiné » (p. 480) conserve quelque chose d'énigmatique ; on peut toujours se demander quelles sont les preuves dont dispose le juge d'instruction à l'appui de son affirmation.

Le texte, qu'il s'agisse des monologues de Raskolnikov ou de ce qui revient au narrateur, ne cesse d'accumuler les contradictions. Il met en valeur la toute-puissance mystérieuse de l'adversaire, mais la nie, presque désespérément, du même souffle. Voici un exemple, où c'est le personnage qui parle : « Ce n'est pas pour le seul plaisir de faire vainement parade de sa force qu'il me parle ainsi... il est beaucoup trop intelligent pour ça... Non, il a un autre dessein, mais lequel ? Eh ! ce n'est rien, rien qu'une simple ruse destinée à m'effrayer ! Tu n'as pas de preuves et l'homme d'hier n'existe pas. Et toi, tu veux tout simplement me dérouter et m'irriter davantage pour m'asséner alors le grand coup ; seulement tu te trompes et tu seras attrapé » (p. 360).

Les phrases tournent autour de mots comme « seul », « simple », « simplement ». Elles suggèrent l'existence d'une vérité claire, en noir et blanc, et pourtant la mettent en doute.

En avançant, du point de vue même de Raskolnikov, l'hypothèse que le juge pourrait avoir tout compris, en refusant jusqu'au dernier moment de dire, avec l'objectivité qu'on attend de l'auteur, ce que pense réellement Porphyre, la narration peut persuader le lecteur que, de fait, il a tout deviné. On se trouve alors, par rapport aux habitudes qui se sont, après Dostoïevski, introduites dans le roman policier, dans une situation fort étrange : l'enquête se poursuit alors que l'enquêteur est sûr du résultat.

Et l'enquêteur, contrairement là encore à la règle du roman policier classique, évite de se laisser prendre au leurre. Pour le dire en termes psychologiques, l'aveu spontané du petit peintre le laisse un instant désemparé, mais il se ressaisit vite. La technique de narration efface pourtant cette réalité vraisemblable que reconstruit l'analyse. En fait, le juge d'instruction, immédiatement après la scène avec le peintre, met un terme à l'entretien qu'il avait avec Raskolnikov, puis disparaît lui-même de la scène. Quand il reparaît aux yeux du lecteur, sa conviction est faite, et il explique pourquoi l'aveu est mensonger. Il n'est pas indifférent que son intuition, qu'il expose tout au long, soit étayée par des analyses qu'on trouve, par ailleurs, dans les *Souvenirs de la maison des morts*. Le peintre s'est accusé lui-même par désir de souffrir. Cette expression rend compte d'une réalité courante dans le peuple russe, au moins tel que Dostoïevski le voit. Et le lecteur découvre que Porphyre Petrovitch, dont le récit lui dérobe la pensée intime, partage sur certains points importants la pensée de l'auteur.

Ainsi, par un suprême paradoxe, l'enquêteur se trouve-t-il réaliser la figure de l'auteur omniscient qui hante les romanciers dans la seconde moitié du XIXe siècle, et ce, justement dans un roman qui évite de donner à son narrateur objectif un savoir absolu. On finirait par penser que Porphyre Petrovitch en sait plus long que Dostoïevski lui-même. Étrange illusion produite par l'éloignement où le récit tient le personnage, dont seules les paroles sont connues.

On note que ce personnage qui semble tout savoir est aussi un bienfaiteur presque tout-puissant. En effet sa tactique de non-intervention n'aboutit pas seulement à faire que le coupable se dénonce de lui-même ; en poussant Raskolnikov à l'aveu, elle prépare, à long terme, son repentir et ce que la fin du roman, où l'auteur est moins discret, appelle sa « résurrection ». Cette fin, tout porte à croire que Porphyre Petrovitch l'a prévue, désirée, préparée. Il croit, lui aussi, à la vertu de la souffrance. Le roman policier classique prête rarement à l'enquêteur une attitude aussi paternelle.

Paradoxalement cette double caractéristique d'omniscience et de toute-puissance donne au personnage une allure à la fois très humaine et beaucoup plus qu'humaine. Il y a du Dieu le Père chez ce juge d'instruction, mais il y a aussi un homme d'expérience, qui connaît la psychologie, qui sait comment, simplement, mécaniquement, réagissent les hommes. Or c'est justement lui qui met en cause la psychologie.

II LA VÉRITÉ IMPOSSIBLE

DOUTES SUR LA PSYCHOLOGIE

Le mot est prononcé assez souvent. Il est, à l'époque, relativement récent. On l'emploie volontiers chez les criminologues. L'avocat en fera un large usage dans *Les frères Karamazov*, quand il prononcera sa plaidoirie en faveur de Mitia. Et l'on retrouve dans sa bouche l'expression qui figurait déjà dans *Crime et châtiment :* « La psychologie est une arme à double tranchant » (p. 476)[1].

Il arrive à Porphyre Petrovitch d'opposer psychologie à mathématique ; plus exactement, c'est Raskolnikov qui résume la pensée du juge en proposant cette opposition, qui n'est pas récusée (p. 482). La mathématique est et reste, pour cette société comme pour la nôtre, le modèle d'une pensée déductive impeccable ; c'est, si l'on veut, la « géométrie » de Pascal. On la suppose

1. La traduction qu'on lit dans Folio : « cette maudite psychologie est à deux fins », est probablement littérale à l'excès, et pour cette raison peu intelligible ; l'image en russe est celle d'un bâton qui a deux bouts, deux extrémités, « deux fins » ; l'image habituelle en français est celle d'une épée.

d'emblée indéfiniment cohérente. Mais entre-temps est venue l'idée qu'il pouvait exister des sciences sociales et qu'un raisonnement de stricte logique n'y serait pas impossible. L'idée d'une psychologie mathématique est évoquée dans les *Mémoires écrits dans un souterrain :* les sentiments pourraient être distingués, énumérés de façon limitative, et toutes leurs combinaisons seraient intégralement prévues. Il s'agit sans doute d'une caricature, mais qui ne reflète pas trop mal l'hyperbole, la généralisation précipitée qui fait exister les idéologies scientistes sur les bases de résultats scientifiques limités.

Raskolnikov dit au juge : « Vous-même vous avouez que vous n'avez contre moi que de la psychologie et cependant vous aspirez à l'évidence mathématique » (p. 482).

La restriction méprisante, le « ne... que », indique clairement quel fond on peut faire, du point de vue de nos personnages, sur les prétentions scientifiques de la psychologie.

« " Nous détruirons, je vous le promets, toute cette psychologie ", dit Porphyre Petrovitch » et l'on apprend plus tard qu'il a « religieusement tenu parole » (p. 562). Expressions un peu rapides, et qui demandent explication.

Lors du procès, Porphyre Petrovitch laisse dire que l'aveu de Raskolnikov a été entièrement spontané, et qu'il a eu lieu au moment où le peintre s'était lui-même dénoncé, et alors que les enquêteurs ne soupçonnaient pas du tout le véritable assassin ; il cache donc, comme il l'a promis, qu'il avait en fait découvert le vrai coupable et qu'il lui avait dit : « C'est vous qui avez tué. » Il consent à ne rien dire des déductions par lesquelles il est parvenu à se persuader de la culpabilité de Raskolnikov ; or ces déductions reposaient entièrement sur de la psychologie, et sur une expérience montée grâce à l'énoncé de lois psychologiques : si Raskolnikov est coupable, il viendra de lui-même voir le juge d'instruction ; et de fait, il vient.

Cette déduction a sans doute sa valeur ; mais elle reste incertaine ; « la psychologie est à double tranchant ». Et surtout elle est de nul usage s'il s'agit non plus de démasquer un coupable, mais de ramener un homme à la vie. Ce qui importe alors, c'est l'aveu, le signe que l'on souhaite renouer avec les autres. Et si l'aveu est obtenu, spontané, les motivations supposées du crime n'ont plus qu'un intérêt de curiosité. On peut les déguiser, les oublier, les falsifier. Tout au plus les amateurs de psychologie regretteront-ils de ne pas être en présence d'un beau cas. « Quelques-uns, surtout parmi les psychologues, admirent qu'il se pouvait, en effet, qu'il n'eût pas ouvert la bourse et s'en fût débarrassé sans savoir ce qu'elle contenait et ils en tirèrent aussitôt la conclusion que le crime avait été commis sous l'influence d'un accès de folie momentané » (p. 561). Phrase cruelle dans son ironie : le psychologue croit tout comprendre et ne voit pas plus loin que son nez ; il est incapable d'envisager un acte qui n'a pas pour motif l'intérêt le plus immédiat ; il n'imagine pas que Raskolnikov ait pu ne pas éprouver de curiosité pour ce que contenait la bourse, oublie que sont possibles des réactions de panique, et conclut immédiatement à la folie, c'est-à-dire à la négation de toute raison, de toute loi. On note que cette conclusion ne semble pas de nature à provoquer l'acquittement.

Apparemment les fameuses lois psychologiques ne rendent compte de l'ensemble des actes humains que si l'on a commencé par nier l'existence de certains de ces actes, soit en refusant de les voir, soit en les taxant de folie.

On s'en souvient : dans *L'affaire Lerouge*, c'est un ensemble de considérations psychologiques qui conduisaient l'enquêteur à récuser sa première hypothèse ; le suspect que désignaient toutes les preuves matérielles judicieusement combinées dans un raisonnement sans flou ne cadrait pas avec l'image vraisemblable d'un criminel. Dans *Crime et châtiment* comme dans *Les Frères Karamazov*, le jeu est inverse. Porphyre Petrovitch suggère un instant que l'analyse psychologique non étayée par les faits l'a conduit à une erreur d'appréciation ; et l'avocat de Dimitri Karamazov montre que l'on pourrait retourner l'argumentation du procureur qui a eu recours à la psychologie pour compléter une démonstration légèrement défaillante si elle ne devait s'appuyer que sur les indices matériels relevés.

Chez Dostoïevski, ce débat de techniciens ne se conclut pas ; car il est clair qu'une réflexion de type psychologique peut aider à découvrir la vérité ; il est vrai aussi qu'elle peut égarer. Il faut bien voir comment se pose la question : il s'agit toujours et seulement d'identifier un coupable. Il faut donc faire entrer différentes données — un suspect, des indices, un certain type de crime,... etc. — dans une construction où la syntaxe sera fournie par des lois psychologiques supposées universelles, telle que : « Si l'assassin est un homme intelligent et instruit, il viendra de lui-même trouver l'enquêteur pour mesurer le danger, alors qu'un individu plus fruste penserait d'abord à se cacher, à se faire oublier. » Mais peut-être la formule inverse est-elle tout aussi exacte.

Dans le cas particulier de Raskolnikov, certaines lois psychologiques bizarres sont soufflées à l'enquêteur par le criminel lui-même, auteur, comme on sait, d'un article sur le crime. La loi pourrait s'exprimer de la manière suivante : « Il arrive qu'un individu intellectuellement supérieur se persuade qu'il est au-dessus des lois et qu'il a le droit de commettre un crime qu'il estime utile à la poursuite de ses fins humanitaires. » En fait, cette loi est énoncée sous une autre forme, à peine différente ; il suffirait de supprimer les mots « il arrive » et « se persuade que », pour ne laisser subsister que : « Un individu supérieur est au-dessus des lois et a le droit de commettre un crime[1]. »

La loi sert à l'enquêteur ; elle lui permet de réunir dans une même construction deux données à première vue incompatibles : un jeune homme bien élevé et un crime crapuleux. Il arrive qu'un homme supérieur se croie le droit de commettre un crime, et

1. C'est tout au moins ce que le lecteur est en droit de supposer ; rappelons que le texte même de l'article n'est jamais cité expressément.

c'est justement Raskolnikov, suspect possible, qui a évoqué cette idée.

Mais si l'énoncé de cette prétendue loi par Raskolnikov permet de supposer qu'il l'a mise en application, donc fournit un indice, peut-on en tirer une explication pour le comportement du criminel ? On change ici de domaine d'analyse. Il ne s'agit plus d'identifier un individu, mais de comprendre et de justifier, si faire se peut, quelqu'un dont les actes sont connus. Autre chose est de répondre à la question : est-ce Raskolnikov qui a tué la vieille usurière ? Autre chose de savoir pourquoi il a tué la vieille usurière.

Avant d'en venir à considérer les tenants et aboutissants de cette énigme, il faut encore remarquer que la psychologie, au sens policier du terme, peut servir à disculper un innocent aussi bien qu'à confondre un coupable. C'est bien de psychologie que le juge fait usage quand il explique pourquoi le peintre ne peut pas avoir tué, et pourquoi il a néanmoins éprouvé le besoin de s'accuser lui-même. On énonce des lois générales, valables pour tous les Russes, au moins pour ceux de la classe populaire. Et l'on en fait l'application dans le cas particulier de Mikolka.

Faut-il donc penser que la psychologie, inapplicable lorsque sont en jeu des individus comme Raskolnikov, reprend tout son sens lorsqu'on a affaire à des âmes populaires ? Probablement non. Les limites se définissent autrement ; il faudrait dire que, malgré les réticences nettes de Porphyre

Petrovitch, la psychologie peut rendre des services quand il s'agit de mener une enquête. Mais peut-elle expliquer un homme ? Peut-elle aider à porter sur lui un jugement moral ? C'est ce qui doit faire l'objet d'un doute sérieux.

LE MIRAGE DE LA VÉRITÉ

Comment donc comprendre un homme ? Comment porter sur lui un jugement ? On pourrait dire que cette double question est posée par certains personnages du livre, et par le héros lui-même. Si le lecteur a eu la sagesse de ne pas chercher à leur donner une réponse avant même d'avoir vu qu'elles se posent — c'est l'effet habituel de la lecture, surtout quand il s'agit d'un roman supposé réaliste : toute action non invraisemblable est considérée, sans examen, comme évidemment explicable —, si un mystère semble subsister alors qu'il n'y a jamais eu énigme policière, il est raisonnable d'attendre que certains personnages au moins tiennent des discours éclairants et que soit expliqué ce qui doit l'être. Or, en fait, le roman se perd dans les sables : le discours d'explication de Raskolnikov n'aboutit à rien ; Sonia l'annihile, le dissipe comme un brouillard. Discours vague, discours vain.

Aussi vain peut-être que les rêveries du héros, qui se sont prolongées plus d'un mois avant qu'il ne passe à l'acte. Rêveries dont le lecteur sait peu de chose. Là encore, un procédé d'écriture vient à la rencontre de la réalité que le roman a pour fonction de montrer. Parce que les allusions sont insuffisantes, parce qu'on a pris l'histoire en marche, quelques heures avant le crime, parce qu'il n'y a presque pas de retours en arrière, le lecteur ne saura jamais en quoi consistent exactement les discours que se tenait à lui-même le héros dans la solitude de sa trop petite chambre et d'où est issue la décision fatale ; le lecteur ne saura même jamais quand et comment a été prise cette décision ; il lui semble que le meurtrier n'y a cru vraiment qu'une fois son acte accompli.

Ce meurtrier, d'ailleurs, ne vient nullement au secours d'un lecteur curieux. Pendant plusieurs pages, il ne parle de son acte futur, dont on ne sait pas, dont il ne sait pas s'il est ou non décidé à le commettre, que dans les termes les plus vagues : « une affaire si hardie » (p. 4), « l'affaire » (p. 6) ou, tout simplement, « cela » (p. 4). On dirait qu'il est impossible de nommer avec précision ce qui a hanté la cervelle du héros pendant de longues semaines ; il est impossible de dire en quoi consistaient ses monologues. Et pourtant ce sont bien des paroles qu'il prononçait.

La même technique romanesque est appliquée dans un cas encore plus étrange, encore plus troublant. Il s'agit en effet non pas de ces paroles qui peuvent n'avoir pas été prononcées, mais d'un texte écrit : l'article sur la psychologie des criminels. Raskolnikov l'avait envoyé à une revue, mais n'a jamais reçu de réponse. Le texte pourtant a été publié et, par le jeu d'assez curieux hasards, Porphyre Petrovitch, le juge d'instruction, se trouve l'avoir lu. C'est lui qui en parle au jeune homme, lors de leur première rencontre (p. 274 sq.) Remarquons une fois de plus ceci : Dostoïevski ne reproduit pas le texte de l'article ; il n'en donne même aucune citation littérale ; tout ce qui apparaît relève du souvenir, du résumé. N'y a-t-il pas eu déformation dans la mémoire de Porphyre Petrovitch ? Il n'est même pas sûr du titre. « Il était intitulé " Le Crime " je crois bien, ou, enfin... j'en ai oublié le titre » (p. 274).

Raskolnikov a beau affirmer que le compte rendu de son interlocuteur est fidèle, un doute peut subsister.

Le phénomène a valeur d'exemple : on ne peut jamais dire. La technique romanesque multiplie les mirages.

UN COMMENCEMENT ABSOLU ?

Il semblerait pourtant qu'en une occasion au moins, le lecteur dispose de données assez précises auxquelles il peut se fier pour reconstituer l'histoire du crime. Au chapitre VI de la première partie, se trouve un retour en arrière qui fixe le moment précis où tout a commencé, et semble devoir dissiper un peu le brouillard. Raskolnikov vient d'aller rendre visite à la vieille usurière pour la première fois. « Une idée étrange, encore à l'état embryonnaire dans son esprit comme le poulet dans son œuf, venait de lui venir et l'intéressait extrêmement » (p. 70).

Il n'est pas très difficile, à ce moment de la lecture, de deviner en quoi consiste cette idée. On serait donc au commencement absolu du roman. En fait, pour que la crise ait lieu, au sens que l'on donne à ce mot « crise » dans l'analyse des tragédies classiques, il faut qu'intervienne un autre élément : « Une table presque voisine de la sienne était occupée par un étudiant qu'il ne se souvenait pas d'avoir jamais vu et un jeune officier. Tout à coup Raskolnikov entendit l'étudiant parler à l'officier de l'usurière Alena Ivanovna et lui donner son adresse. »

Plus loin, l'étudiant déclare : « Cette maudite vieille, je la tuerais et la volerais sans aucun remords, je t'assure. » Il explique ensuite longuement que ce meurtre a pour lui le bon droit. « Si on la tuait et qu'on prenne son argent avec l'intention de le faire servir au bien de l'humanité, crois-tu que le crime, ce tout petit crime insignifiant, ne serait pas compensé par des milliers de bonnes actions ? » (p. 72).

Tout au long de la tirade où figure cette phrase, on retrouve, citée parfois littéralement, la lettre à Katkov. Le discours que cette lettre attribue à un héros encore anonyme, mais qui prendra bientôt le nom de Raskolnikov, se retrouve dans le roman sur les lèvres d'un personnage à tous égards secondaire, un personnage qui, lui, n'a pas de nom, et n'en aura jamais.

On peut remarquer au passage ce que le phénomène a de bizarre : les idées que le projet attribuait au héros semblent pouvoir être entendues partout ; il est de fait que la lettre à Katkov n'en faisait pas la propriété privée d'un individu exceptionnel ; au contraire, elle évoquait des « idées étranges, " imparfaites ", qui flottent dans l'air ». Au moment même où le lecteur serait en droit de croire qu'il tient, grâce à un retour en arrière, le point de départ absolu de l'histoire, un nouveau voile est jeté, un nouveau brouillard se lève : la grande pensée de Raskolnikov, à supposer qu'elle existe, ne lui appartient pas et semble n'être jamais née, avoir toujours déjà flotté dans l'air.

Par là s'explique, soit dit entre parenthèses, que l'exposé de cette pensée, à travers le résumé improvisé de son article, par Raskolnikov lui-même, n'ait pas un caractère tout à fait scandaleux, même s'il est vrai que le bon Rasoumikhine est un peu ahuri, et que Porphyre Petrovitch a de bonnes raisons pour ne pas paraître s'émouvoir. En fait, l'article de Raskolnikov n'est peut-être pas aussi original qu'on veut bien le croire.

Mais revenons à ce que l'on serait tenté d'appeler la scène primitive : un accord soudain, dû à une coïncidence, se dessine entre l'idée qui vient de venir à Raskolnikov, et celle qu'il entend exprimer, et justifier, par un inconnu qui lui ressemble un peu, puisqu'il est étudiant comme lui ; tout le monde admet qu'il est possible, et même souhaitable, de tuer la vieille usurière.

« Pourquoi lui fallait-il entendre exprimer ces pensées au moment même où elles venaient de naître dans son cerveau, ces mêmes pensées ? Et pourquoi, quand il sortait de chez la vieille avec cet embryon d'idée qui se formait dans son esprit, tombait-il sur des gens qui parlaient d'elle ?

« Cette coïncidence devait toujours lui paraître étrange. Cette insignifiante conversation de café exerça une influence extraordinaire sur lui dans toute cette affaire : il lui semblait en effet qu'il y eût là une prédestination... le doigt du destin... » (p. 73)[1].

1. Il faut lire « formait » au singulier (cf. Pléiade).

C'est la traductrice, D. Ergaz, qui a rajouté le mot « destin ». Pierre Pascal traduit plus simplement, et plus justement : « une espèce de prédestination, une indication ». Il reste que l'idée de fatalité n'est pas absente. L'étudiant anonyme joue le même rôle, toutes choses égales d'ailleurs, que les sorcières de *Macbeth*. Et l'on peut poser quelques questions sur la phrase, un peu embrouillée, qui précède immédiatement : « Certes, c'étaient là des idées, une conversation entre jeunes gens des plus ordinaires ; il lui était arrivé plus d'une fois d'écouter des discours analogues avec quelques variantes et sur des thèmes différents seulement. »

Lisons la même phrase, pour éviter tout malentendu, dans la traduction de Pierre Pascal : « Bien sûr, tout cela n'était que des discours et des idées de jeunes gens, bien ordinaires et bien fréquents, plus d'une fois déjà entendus, seulement sous d'autres formes et à d'autres propos. »

L'impression demeure que le texte se contredit légèrement : le discours de l'étudiant que Raskolnikov vient d'entendre est à la fois tout à fait neuf et non dépourvu d'analogies avec ce que racontent habituellement les jeunes gens. L'originalité de l'idée, une fois de plus, semble mise en cause.

En fait, il n'y a contradiction que pour le lecteur qui éprouve le besoin de simplifier, pour celui qui a peur de la complexité. Tout se passe comme si toute idée était entourée d'une nébuleuse, comme s'il était impossible d'en dessiner les limites, de dire où elle commence. Un lecteur pusillanime relèverait bien d'autres contradictions. Par exemple, il est dit que la scène apparemment primitive que nous sommes en train d'examiner se passe juste après la première visite de Raskolnikov à la vieille usurière, et « six semaines environ » (p. 70) avant les événements racontés au début du roman. Or on apprend que l'article où le jeune homme établit le droit au meurtre pour les bienfaiteurs de l'humanité a été écrit « il y a six mois » (p. 274). Par ailleurs, il est dit que Raskolnikov avait entretenu de ses idées la fille de sa logeuse : « Je lui ai parlé bien des fois de cela, je n'en ai parlé qu'à elle seule. [..] J'ai confié à son cœur une grande partie de mon projet dont l'issue devait être si lamentable » (p. 547).

Or nous savons que la mystérieuse jeune fille est morte « il y a un an » (p. 110) au moment du meurtre. Évidemment, on peut toujours supposer de la part de l'écrivain une inadvertance dont il existe des exemples chez les auteurs les plus soigneux. Il reste tout de même à se demander comment cette inadvertance est possible, si elle n'est pas facilitée par une certaine méfiance devant tout ce qui précise, ce qui limite, ce qui tranche arbitrairement.

Or la croyance à la fatalité peut apparaître comme liée à un goût excessif pour la simplification. Et la question se pose, une fois de plus, de savoir qui parle dans la phrase où il est fait allusion à une « prédestination », à une « indication ». Au début du chapitre, la narration prenait un instant l'allure d'un réquisitoire ; Raskolnikov faisait l'objet de jugements assez sévères : « Mais, depuis quelque temps, Raskolnikov était devenu superstitieux. On put même par la suite découvrir des traces indélébiles de cette faiblesse en lui. Et, dans cette affaire, il inclina toujours à voir l'action de coïncidences bizarres, de forces étranges et mystérieuses » (p. 69-70)[1].

L'extraordinaire, la bouleversante coïncidence entre le moment où l'idée du meurtre apparaît à Raskolnikov et celui où elle est exprimée par la voix d'un inconnu pourrait bien avoir été, au moins en partie, reconstruite par le héros lui-même. Il se raconte ce passé sous la forme d'un drame romantique ; il le simplifie, le stylise, y détermine des points de crise parfaitement nets ; il sait, lui, quand tout a commencé. Il donne à la courbe de son évolution une origine absolue, au sens presque mathématique du mot « origine ».

Et comme par un fait exprès, c'est d'arithmétique qu'il est question dans la conversation entre l'étudiant et l'officier. « Pour une

1. Le mot « faiblesse » est introduit par la traductrice ; il ne fausse pas le sens de la phrase. Le mot « superstition », comme son équivalent russe, comporte un jugement dépréciatif.

seule vie, des milliers d'existences sauvées de la pourriture. Une mort contre cent vies. Mais c'est de l'arithmétique » (p. 72).

Une fois de plus se profile l'idée d'Hamlet : il y a plus de choses au ciel et sur la terre que n'en rêve la philosophie. La philosophie serait ici tout ce qui relève de la raison, de la stricte logique, de toutes les procédures de pensée qui sacrifient à leur cohérence et à leur rigueur propres la complexité du réel dont elles essaient vainement de suivre le mouvement. Lorsqu'elle simplifie sans contrôle, la pensée abstraite peut pousser au crime. D'autres fois, elle produit seulement une psychologie à deux tranchants, et donc crée des équivoques qu'elle ne maîtrise pas.

L'EXPLICATION INTERMINABLE

Peut-on contrôler le discours de la psychologie ? Peut-on maîtriser les généralités qui y foisonnent et dont on attendrait qu'elles rendent compte de tout le réel ?

Peut-on — c'est toujours la même idée — expliquer le geste de Raskolnikov ?

Le roman pose, à un certain moment, la question de la manière la plus brûlante, et échoue à la résoudre. La scène essentielle, de ce point de vue, est celle où Raskolnikov tente de répondre aux interrogations de Sonia, à qui il vient d'avouer son crime d'une manière d'ailleurs assez bizarre, et qui demande explication. Il lui faut répondre à une question extrêmement nette : « Mais comment, comment un homme comme vous a-t-il pu se décider... Mais enfin, pourquoi ? » (p. 435).

Dans les pages qui suivent, jusqu'à la fin du chapitre, on voit reparaître, réunies, toutes les motivations qui ont pu être invoquées dans différents monologues intérieurs du criminel, toutes ces motivations que les critiques énumèrent à leur tour, en essayant de les concilier entre elles, ou de les trier pour déterminer laquelle est la plus vraie.

Or le texte du roman a pour unique effet de les détruire les unes après les autres. Il suffit que Raskolnikov avance l'une d'entre elles pour que Sonia dise, presque aussitôt : « Non, ce n'est pas ça. » Et, plus ou moins rapidement, le jeune homme acquiesce, quand il n'a pas pris les devants : ce n'est pas ça. Formule extrêmement simple, dont il faut voir le sens exact. Dans cette phrase fruste, la négation l'emporte sur tout le reste. Le démonstratif « ça » ne désigne rien, sinon ce dont on suppose que l'on devrait en parler, mais qu'on ne peut atteindre, et qui n'existe finalement peut-être pas. Ce qui n'est pas, ce qui manque, c'est la parole qui dirait la vérité, qui expliquerait le comportement de Raskolnikov.

Il vaut la peine de regarder ces pages en détail et d'examiner leur construction. On s'aperçoit vite qu'elle est relativement indistincte, quelque peu embrouillée. Il suffirait de peu de chose pour qu'elle atteigne à une satisfaisante clarté : il suffirait que, conformément à l'image qui vient d'être esquissée, les différentes motivations possibles du geste de Raskolnikov soient énumérées les unes après les autres et réfutées dans leur ordre d'apparition. Et, de fait, c'est ainsi que l'on commence. À la question « pourquoi » de Sonia, l'assassin répond : « Eh bien, pour voler » (p. 435). Sonia réplique : « Tu avais faim ! C'était pour venir en aide à ta mère ? oui ? »

Hypothèse simple, et certes non absurde. Le malheur de Raskolnikov est aussi lié à la misère ; il faudrait peut-être ne pas l'oublier, ne pas tout ramener à de la métaphysique ténébreuse. On note, en passant, que la question de Sonia pourrait lui être adressée à elle-même. Elle aussi avait faim ; elle aussi avait une famille.

La réponse de Raskolnikov commence par « non », mais n'est pourtant pas entièrement négative : « Je n'avais pas si faim que ça... et voulais en effet venir en aide à ma mère, mais... ce n'est pas tout à fait cela ; ne me tourmente pas, Sonia... »

Première apparition de la formule « ce n'est pas ça », modulée de manière significative ; on se trouve dans l'ambiguïté. La solution semble aisée : les motivations vont se superposer, en allant de la plus simple à la plus subtile, de la plus réelle à la plus fantastique.

Le dialogue pourtant ne va pas s'organiser de cette manière. Il commence par jouer, grâce à Sonia, de la pseudo-logique psychologique, pour tenter une impossible réfutation de l'hypothèse première. Deux implications d'allure générale, appartenant à la vraisemblance admise par tous, sont évoquées :

d'abord, si quelqu'un tue pour voler, il ne va pas ensuite faire la charité ; ensuite, si quelqu'un tue pour voler, il s'intéresse au produit de son larcin. Or Raskolnikov a donné de l'argent à la famille Marmeladov, et il n'a pas regardé ce que contenait la bourse trouvée sur le cadavre de l'usurière.

Ces bizarreries amènent Sonia à formuler pour elle-même une hypothèse qu'elle écarte tout de suite, et arbitrairement : le jeune homme serait fou. Il nous faudra examiner plus tard cette hypothèse simple, que nombre de critiques ont avancée avec moins de prudence que le personnage.

La discussion est alors ponctuée par une phrase de Raskolnikov, qui peut être tenue pour une conclusion provisoire : « Si la faim seule m'avait poussé à commettre cet assassinat, [...] je serais maintenant... *heureux*, sache-le bien ! » Il faut retenir cette relation affirmée entre la présence d'une explication simple et le bonheur ; on serait tenté de comprendre que la félicité d'un individu ne tient pas le moins du monde à sa vertu, à son respect des codes moraux, mais à la possibilité qu'il aurait de fournir de lui-même une image cohérente et claire.

Il semble que Raskolnikov fasse immédiatement de ce curieux principe une application, assez inattendue, lorsqu'il déclare : « C'est parce que je n'ai plus que toi que je te demandais hier de me suivre. [...] Je ne te demande qu'une seule chose et ne suis venu que pour cela : ne m'abandonne pas. » Non seulement il cite, ce disant, Marmeladov et, à travers lui, l'Évangile[1], mais encore il sim-

1. Évangile selon saint Jean, VI, 70. « Seigneur, à qui irions-nous ? »

plifie sa propre image, échappant ainsi à la confusion dans laquelle il se débat : il serait celui qui s'est attaché Sonia et s'est attaché à elle. Pour des raisons que Dostoïevski a fortement soulignées dans ses carnets, il n'est pas question entre eux d'amour selon un modèle habituel. Mais le personnage a lui-même indiqué que son mouvement est « instinctif », « Je l'ai fait instinctivement, sans comprendre », (p. 437), donc, sans doute, rassurant ; il a le sentiment d'avoir vraiment voulu, du plus profond de lui-même, cette aide qu'il demande à Sonia, alors que, plus d'une fois, et jusque dans le dialogue que nous analysons, il lui est arrivé de penser que son crime avait un caractère fortuit, inattendu, qu'il lui était en partie étranger.

La question ne se pose pas de savoir si les discours de Raskolnikov rendent exactement compte de ce qui se passe, comme on dit, en lui. L'intériorité d'un personnage de fiction ne peut pas ne pas faire l'objet d'un certain doute de la part de l'analyste, même si le lecteur, spontanément, y croit et s'abandonne à l'illusion réaliste. Ce qui doit compter, c'est la cohérence propre du discours tenu par le personnage ; ici, la cohérence repose en partie sur le retour d'un principe : on se sent bien quand on a de soi une image claire et nette.

Et c'est justement sur ce principe que porte la tirade suivante. « Voilà, tu attends que je m'explique. Sonia, je le vois bien ; tu es là à attendre mon récit, mais que te dirai-je ? [...] Comment peux-tu m'aimer si lâche ? »

Il est curieux de voir que la traductrice introduit dans cette phrase le mot « récit » qui n'est pas dans l'original ; cette traductrice savait qu'un roman doit tout expliquer. On observe aussi que la dernière expression est rendue plus exactement par Pierre Pascal : « Peux-tu aimer un être aussi bas ? » Dans cette version, en effet, ressort très clairement le jugement porté par Raskolnikov sur lui-même, au moins à ce moment-là : « Je suis un être bas. » Le mot russe suppose à la fois la lâcheté et la méchanceté. En d'autres temps, « vilain » aurait donné un équivalent passable. Mais « coquin » ne serait pas mauvais non plus.

Le jeune homme est parvenu à se qualifier, non sans se juger, à se décrire psychologiquement et moralement. Il a fourni ainsi une explication : « Sonia, j'ai le cœur mauvais ; prends-y garde ; cela explique bien des choses. C'est parce que je suis mauvais que je suis venu vers toi. »

Que cette explication soit justement un peu trop simple, voilà ce que pense probablement plus d'un lecteur. Voilà ce que semble penser aussi Raskolnikov puisque, au lieu de s'en contenter, il se lance à nouveau dans une longue tirade, et plus fumeuse que les précédentes : « Oui, je voulais devenir un Napoléon, voilà pourquoi j'ai tué. »

On remarque tout de suite que ce retour à l'énumération des motivations du crime n'observe pas l'ordre qui pourrait sembler naturel. Après la misère, on pouvait évoquer le souhait de commencer une belle carrière ; le crime devait fournir la mise de fonds nécessaire. Nous savons que la lettre à

Katkov avait surtout insisté là-dessus. Or ce discours n'intervient que plus loin, après que Sonia a suggéré : « Vous feriez mieux de me parler simplement, sans donner d'exemples » (p. 438).

Le mot « exemple » lui a été soufflé par Raskolnikov. Il pose d'infinies questions. On peut en effet le prendre dans un sens logique : Napoléon serait l'un des innombrables individus qui ont commencé une carrière brillante par un forfait ; n'importe quel autre individu appartenant au même ensemble pourrait être évoqué ; l'essentiel, dans l'argumentation, demeure la catégorie générale, catégorie dans laquelle Raskolnikov a souhaité, lui aussi, figurer. Cette catégorie fournit un principe d'explication, sous la forme d'une maxime parfaitement machiavélique : si l'on veut réussir dans la vie, il faut commencer par agir sans scrupules.

On peut envisager une autre lecture, qu'il faudrait appeler « mythologique ». Napoléon ne serait pas seulement un exemple entre mille, mais une figure particulièrement admirable, objet de vénération et de culte, à laquelle on pourrait envisager de s'identifier. Dans cette façon de prendre les choses, la catégorie générale s'efface au profit de la singularité de la figure. Le résultat, un peu étrange, de ce détour est que Raskolnikov se représente Napoléon dans une situation tout à fait concrète ; il n'est pas seulement celui qui n'a pas de scrupules ; il est montré en train de tuer et de dévaliser « une simple petite vieille parfaitement ridicule, une veuve usurière ». Au fond, ce n'est pas Raskolnikov qui s'identifie à Napoléon, c'est Napoléon qui s'identifie à Raskolnikov.

L'explication n'a peut-être pas grande valeur, et la réplique de Sonia est là pour le suggérer. On revient vers plus de vraisemblance lorsque Raskolnikov déclare qu'il a voulu « employer une méthode radicale pour commencer une nouvelle vie, et devenir indépendant » (p. 439) Il dit un peu plus loin : « Je voulais tout oublier et recommencer ma vie, et surtout, Sonia, mettre fin à ces soliloques » (p. 441).

Une nouvelle motivation est en jeu : le meurtre devait mettre un terme à l'obsession qu'il avait créée, alors qu'il n'existait qu'en idée, à l'obsession qu'il entretenait, justement parce qu'il n'avait pas été réalisé. Il suffit de l'accomplir, de s'en passer l'envie, pour être enfin libéré de ce que cette envie pouvait avoir de maladif.

Cette nouvelle explication intervient au milieu de discours où reviennent certaines des idées que Raskolnikov avait exprimées dans son article : on retrouve la distinction entre êtres supérieurs et inférieurs, le droit de tuer. On découvre aussi un étrange calembour sur le mot « expérience ». « Quand je me suis rendu chez la vieille je ne pensais tenter qu'une *expérience*... Sache-le » (p. 442).

Le mot russe que traduit « tenter une expérience » est construit sur la même racine que celui qui est rendu par « répétition » au début du roman (p. 6). La répétition doit servir à organiser rationnellement le meurtre, mais aussi à prouver que Raskolnikov est capable de le perpétrer.

Tout doucement, au milieu de tirades embrouillées qui semblent aller du crime causé par la faim au crime provoqué par l'orgueil le plus diabolique, s'insinue une vision un peu différente des autres : le crime serait voulu pour lui-même, pour sa brutalité, pour son caractère irrémédiable ; il serait à la fois une manière d'en finir et une manière de tout recommencer. Il serait l'acte pur. « J'ai simplement tué pour moi, pour moi seul » (p. 442).

Il serait totalement déplacé d'introduire ici la célèbre expression « acte gratuit ». Il est de fait que le texte a écarté toutes les motivations qui pourraient paraître à peu près compréhensibles, même si elles demeurent aussi inacceptables que l'acte lui-même. L'expression « acte gratuit », avec son allure d'oxymore, suggère que, en droit, tout acte doit être motivé. Or l'acte de Raskolnikov est moins motivé que passionnément désiré. Et le mot « gratuit » ne rendrait pas compte de cette force du désir, de cette force incompréhensible du désir. L'assassin a une phrase étonnante : « Mais comment ?... Assassine-t-on ainsi ? Est-ce ainsi qu'on s'y prend pour commettre un crime ? »

Pierre Pascal est plus près de la lettre du texte : « Mais comment donc ai-je tué ? Est-ce qu'on tue de cette façon-là ? Est-ce qu'on va tuer comme j'y suis allé ? » Il faut de toute façon, en français, introduire le pronom « on », avec tout ce qu'il a d'abstrait. Le russe emploie une troisième personne du pluriel, sans exprimer le pronom personnel, il est vrai ; mais il ne serait pas absolument impossible de forcer un peu le sens et de proposer : « Est-ce comme ça que les gens tuent ? » Il y a pour ainsi dire une manière habituelle, normale, acceptable de tuer. Raskolnikov est au-delà : au milieu de tous ses discours psychologiques sur ce qui l'a poussé, il semble apercevoir quelque chose de beaucoup plus fruste, quelque chose de presque inavouable : l'envie de tuer, sans phrases.

On aurait dû s'en douter au moment où il a avoué son crime.

COMMENT DIRE LE MEURTRE

Dans un essai à la fois indécemment naïf et étonnamment pénétrant, Vogüé avait, dès 1884, c'est-à-dire au moment même de la publication de la première traduction française, remarqué ce que l'aveu de Raskolnikov à Sonia avait d'exceptionnel : c'est un aveu muet[1].

1. Voir Dossier, p. 149.

La scène est préparée depuis longtemps, et plus particulièrement depuis que le jeune homme a promis : « Si je viens demain, je te dirai qui a tué Élisabeth » (p. 349). Le hasard de la conversation lui a en effet permis de découvrir que Sonia connaissait Élisabeth, et que c'est la même Élisabeth qui lui a donné l'Evangile dans lequel elle lui lit la résurrection de Lazare (p. 338 et p. 343).

« Je te dirai qui a tué. » Au verbe « tuer », il faut un sujet. Il suffira donc de remplacer l'interrogatif « qui » par le pronom personnel de la première personne. Il suffira de dire : « J'ai tué. » C'est effectivement ce qui se passe dans les dernières lignes de la sixième partie, juste avant l'épilogue. Il ne serait pas absurde de soutenir que *Crime et châtiment* raconte l'histoire d'un homme qui, pendant longtemps, n'arrive pas à dire ces simples mots : « C'est moi qui ai assassiné. »

Au cours de sa seconde visite à Sonia, Raskolnikov ne parvient pas à prononcer cette phrase. Il commence par rappeler sa promesse : « Je t'ai dit en te quittant que je te faisais peut-être mes adieux pour toujours, mais que si je revenais aujourd'hui, je t'apprendrais qui a tué Élisabeth » (p. 432). Il ajoute : « Eh bien, voilà, je suis venu te le dire. » Mais, une page plus loin, il a à peine progressé dans l'aveu. Il dit : « Cette Élisabeth… il n'avait pas l'intention de la tuer… Il l'a assassinée… sans préméditation… il ne voulait tuer que la vieille… quand elle serait seule… et il alla chez elle… mais, sur ces entrefaites, Élisabeth est entrée. Il l'a tuée… elle aussi. »

Le pronom personnel qui s'est glissé dans son discours est celui de la troisième personne. C'est le dialogue qui l'a suggéré. Sonia a posé la question : « *On* l'*a trouvé ?* » Un personnage est créé par cette simple question, et Raskolnikov en parle comme s'il existait, comme s'il était un autre. « *Il faut que je sois " lié " avec* lui[1]. » La typographie met en évidence ce pronom que le lecteur sait impropre. Un personnage est créé. Raskolnikov va-t-il pouvoir s'identifier à lui ? Il y parvient, mais non par la parole.

1. Traduction forcée. Les guillemets ne correspondent à rien dans l'original, qui dit : « je suis très ami avec lui » (trad. P. Pascal).

Un passage extrêmement complexe a préparé l'événement, un passage qui met en jeu à la fois l'ambiguïté, voire l'ambivalence des sentiments, l'incapacité du personnage à dominer sur-le-champ tout ce qui se passe en lui, et l'étonnante complicité d'un narrateur anonyme. « Tout à coup, une sensation étrange et surprenante de haine pour Sonia lui traversa le cœur. Etonné, effrayé même de cette découverte bizarre, il releva la tête et considéra attentivement la jeune fille ; elle fixait sur lui un regard inquiet et plein d'une sollicitude douloureuse ; ce regard exprimait l'amour, et sa haine s'évanouit comme un fantôme. Ce n'était pas cela, il s'était trompé sur la nature du sentiment qu'il éprouvait, il signifiait seulement que le moment fatal était venu » (p. 431).

La traductrice n'a guère forcé le sens en ajoutant le mot « fatal » qui n'a pas d'équivalent dans le texte russe ; on ne sait en fait comment rendre exactement une expression qui, littéralement, peut se transposer en « ce moment-là » et qui signifie réellement : « le moment auquel il pensait ». Le texte français ne fait qu'insister sur un trait de Raskolnikov qui a déjà été indiqué : sa tendance à accepter toute sorte de superstition ; et il produit le même effet que l'original : dans cette dernière phrase, il est impossible de dire qui parle, du narrateur ou du personnage.

Le point qui ne fait aucun doute, dans tout ce paragraphe, est le sens du regard de Sonia, plein de « sollicitude » et d'« amour ».

La phrase représente directement cette confiance absolue, qui semble partagée par Raskolnikov et par le narrateur. Si le lecteur a le désir d'être sceptique, aucun détail ne le lui permet.

Du coup, tout bascule ; ce qui était confusion, ambiguïté, se simplifie en un moment, donnant l'impression de la nécessité, de la fatalité : les choses ne peuvent pas se passer autrement ; toute contingence a disparu.

Cette foi subite de Raskolnikov en Sonia, foi que le narrateur semble partager sans réserve, fait immédiatement l'objet de la plus étrange des comparaisons : « Son impression, à ce moment-là, était exactement pareille à celle qu'il avait éprouvée le jour où, debout derrière la vieille, il avait tiré la hache du nœud coulant, en se disant qu'il n'avait plus un instant à perdre. »

L'analogie porte uniquement sur ce qu'il faudrait appeler, faute d'un meilleur mot, la « couleur » de l'impression. L'objet est tout autre. C'est la forme du temps qui est la même : il faut absolument agir ; l'urgence atteint l'extrême. Il fallait tuer, sans plus attendre. Il faut parler, sans plus attendre. C'est, pour ainsi dire, le frémissement des mains qui éprouve la nécessité.

À travers l'analogie, le meurtre est à nouveau vécu. Ainsi s'explique que puisse se produire, deux pages plus loin, une nouvelle identification :

« Il avait à peine prononcé ces paroles qu'une sensation familière lui glaça le cœur : il regardait Sonia et croyait voir Élisabeth. Il avait gardé un souvenir ineffaçable de l'expression apparue sur le visage de la pauvre femme, quand il avançait sur elle, la hache levée, et qu'elle reculait vers le mur, les bras en avant comme font les petits enfants lorsqu'ils commencent à s'effrayer et, prêts à pleurer, fixent d'un regard effaré et immobile l'objet de leur épouvante. Telle était Sonia en ce moment. Son regard exprimait la même terreur impuissante. Tout à coup, elle étendit le bras gauche, repoussa légèrement Raskolnikov, en lui appuyant la main sur la poitrine et se leva brusquement, en s'écartant peu à peu de lui, sans cesser de le regarder. Sa terreur se communiqua au jeune homme qui se mit à la considérer d'un air aussi effaré, tandis que le même pauvre sourire d'*enfant* flottait sur ses lèvres.

« " As-tu deviné ? " murmura-t-il » (p. 433)[1].

Il faut se reporter au récit du meurtre d'Élisabeth (p. 87). La comparaison est étonnante. On observe d'abord que la position des acteurs n'est pas du tout la même. Dans la scène de l'aveu, Raskolnikov est assis sur le lit. Sonia est venue s'asseoir à côté de lui. Élisabeth était debout ; l'assassin aussi.

Mais peu à peu la force de la comparaison rapproche les deux récits. Sonia se lève, prend ainsi la position d'Élisabeth ; elle a déjà, comme elle, avancé le bras gauche, et elle commence à reculer, comme elle. Et, d'une certaine façon, elle revit ce qu'elle n'a jamais vécu.

Le système de comparaison, qu'il existe dans la conscience du personnage, ou qu'on

1. Assez désinvolte, la traduction présente, entre autres, deux erreurs caractérisées : « les bras en avant », alors qu'il faudrait le singulier : « le bras » ; « brusquement », alors que le russe dit « lentement ».

tienne à le considérer comme uniquement textuel, produit un effet simplement extraordinaire et qui diffuse à travers tout le roman. D'abord le meurtre d'Élisabeth devient un meurtre d'enfant et se trouve entretenir une troublante analogie avec les images de très jeunes filles poussées à la mort qui hantent les rêves de Svidrigaïlov. D'autre part, l'apparition d'un « sourire d'enfant » sur le visage de Raskolnikov transforme pour ainsi dire l'assassin en victime, et prépare le cri de Sonia : « Ah ! qu'avez-vous fait ? qu'avez-vous fait de vous-même ? » (p. 434).

L'identité entre celui qui tue et celle qui est tuée ne fait pas l'objet d'un commentaire métaphysique ; elle est construite par un jeu du texte, s'impose d'elle-même parce que se sont imposées toutes les comparaisons qui précédaient.

Raskolnikov n'a pas avoué son crime, il l'a pour ainsi dire rejoué. Ce faisant, il a peut-être déjà commencé à s'en libérer : ce sourire d'enfant est-il une promesse ?

Promesse fragile, alors, et qui ne sera pas tenue. L'épilogue n'y fait pas allusion ; c'est dans les larmes que se vit la métamorphose, la première résurrection de Raskolnikov.

Malgré ce vague signe, il reste que l'aveu n'a pas eu lieu. On dirait qu'il existe un lien mystérieux entre l'hallucination et le mutisme ; et la scène prend l'allure d'un cauchemar, retrouve la terreur de celui qui ne peut rien faire alors que le danger menace. Il n'est pas impossible non plus de comparer cette scène à celle du rêve où

Raskolnikov frappe sur la vieille femme sans pouvoir la tuer ; plus il frappe et plus elle rit. Le meurtre inutile ne peut que se répéter, à l'infini (p. 295).

Par un étrange paradoxe, c'est le langage qui l'a induit, c'est le langage qui pourrait l'éloigner. Raskolnikov, pris au piège de son propre soliloque, a versé le sang comme pour se débarrasser, par un geste magique, de ses propres obsessions verbales. La vraie magie, la magie blanche, consisterait à parler, mais à parler pour quelqu'un.

III FOLIES

QUI EST FOU ?

Depuis le début du roman, Raskolnikov parle tout seul. Est-il plus juste de dire qu'il s'adresse à des fantômes, à des êtres qui n'existent pas ? L'hallucination simple, l'obsession irrépressible ne passent généralement pas pour des signes de bonne santé mentale. Depuis que *Crime et châtiment* a vu le jour, il ne manque pas de lecteurs et de critiques pour se demander si les personnages ont tout leur bon sens, ou pour conclure définitivement qu'ils ont perdu la tête.

« Notons en premier lieu que Raskolnikov est un névrosé », écrit tranquillement Nabokov[1], sans doute conscient qu'il fait écho à des générations de prophètes grincheux.

1. Voir Dossier, p. 182. La phrase citée ici suit immédiatement le fragment donné dans le dossier.

On pourrait laisser à la libre appréciation des lecteurs — somme toute autorisés à dire, par-devers eux, ce que bon leur semble — la question de savoir quel diagnostic ils ont envie de porter sur le héros du roman. Mais il faut tenir compte d'un simple fait : le mot « fou », sous différentes formes, apparaît régulièrement tout au long du livre. Nous l'avons rencontré dans la scène de l'aveu. « Une idée traversa brusquement l'esprit de Sonia : " Ne serait-il pas fou ? " se demanda-t-elle, mais elle l'abandonna aussitôt : " Non, ce n'était pas cela. " Décidément, elle n'y comprenait rien » (p. 436).

La dernière phrase donne une précieuse indication. Puisqu'elle a décidé, sans qu'on sache pourquoi, de renoncer à l'hypothèse de la folie, Sonia est condamnée à ne plus pouvoir rien expliquer. L'idée que Raskolnikov est fou lui est venue au moment où il était question de ce que l'assassin a volé et qu'il a caché sous une pierre sans vouloir savoir exactement ce que c'était et ce que cela valait. On sait que ce comportement, plus tard, lors du procès, intrigue également les commentateurs, et notamment ceux qui, se piquant de psychologie, concluent « à un dérangement passager de ses facultés cérébrales au moment du crime » (p. 562).

C'était d'ailleurs, apparemment, l'avis de Raskolnikov lui-même, du temps qu'il spéculait sur le crime en général et dans l'abstrait, avant d'en commettre un pour son propre compte. Si l'on peut croire ce qui en est dit dans sa première entrevue avec

Porphyre Petrovitch, l'essentiel de l'article publié à son insu portait justement sur cette question et tentait d'établir que tout crime ou presque est commis dans un état psychologique maladif.

« " J'examinais, je m'en souviens, l'état psychologique du criminel pendant qu'il perpétrait son crime.

« — Oui, et vous vous appliquiez à démontrer que le coupable, au moment où il accomplit cet acte criminel, est toujours un malade. C'est une thèse très, très originale " » (p. 275).

La question a déjà été abordée, un peu plus longuement, dans la première partie du roman, juste avant la réalisation du projet meurtrier. Les pensées de Raskolnikov, qui l'obsèdent depuis longtemps, sont résumées dans ce qu'il faudrait appeler un monologue à la troisième personne ; il faut penser que le criminel est « frappé, au moment du crime, d'une diminution de la volonté et de la raison » (p. 78).

Le jeune homme a, peu de temps après, l'occasion de vérifier, hache en main, ses propres théories, ou tout au moins d'y songer ; le récit du crime n'insiste pourtant que très légèrement sur le trouble de l'assassin improvisé. Il lui passe par la tête des idées un peu bizarres, certes : il se persuade soudain que la victime n'est pas morte, et se précipite pour vérifier ; il s'obstine à faire entrer dans une serrure une clef dont il voit bien qu'elle ne convient pas. Rien de tout cela n'est extravagant. On souscrit volontiers à cette déclaration du narrateur, dont on se demande si elle a l'aval du personnage : « Il avait toute sa présence d'esprit, et n'éprouvait plus ni étourdissements, ni vertiges. Seules ses mains continuaient à trembler » (p. 85).

Un peu plus tard, pourtant, il a une pensée un peu plus bizarre que les autres ; en essuyant ses mains ensanglantées à la garniture rouge d'une pelisse, il se dit : « C'est rouge, le sang doit se voir moins sur le rouge » (p. 87). Immédiatement, il est saisi d'angoisse : « Seigneur ! est-ce que je deviendrais fou ? »

Il n'est pas indifférent que cette manifestation supposée de la folie consiste en une pensée exprimée en mots. Se fier à un calembour, est-ce déjà avoir perdu la raison ? Or ce calembour — Dostoïevski le sait peut-être — a déjà fait dans la littérature une apparition solennelle. « La pourpre vous va mieux ; le sang n'y paraît pas », dit un alexandrin romantique[1]. La folie commence-t-elle avec les figures de rhétorique ?

1. V. Hugo, *Hernani*, acte IV, scène 4.

Il vaut la peine de se poser la question. Elle devrait permettre en effet d'aller plus loin dans la définition du mot ; très souvent, dans *Crime et châtiment*, un personnage est supposé fou s'il n'agit pas comme tout le monde. Lorsque Raskolnikov expose à Zamiotov comment il s'y serait pris s'il avait tué et dévalisé l'usurière, l'autre lui répond : « Vous êtes fou » (p. 178). Un homme normal ne devrait pas essayer de s'imaginer lui-même en assassin. Des considérations morales interviennent sans doute ; mais l'essentiel est ailleurs : un homme normal agit avec prudence ; donc il ne perd pas son temps à combiner des forfaits qu'en principe il n'accomplira pas, mais s'il a le malheur d'avoir volé une bourse, il ne la jette pas sans regarder ce qu'elle contenait.

L'épisode de la provocation dont est victime Zamiotov ouvre pourtant la voie à une autre interprétation. La folie de Raskolnikov, dans ce cas précis, consiste à faire jouer son imagination, à étudier, en théorie, des possibilités dont il n'est pas souhaitable qu'elles se réalisent. Une fois de plus, le contraste est curieux : est fou celui qui cherche à savoir comment il se comporterait si d'aventure il avait tué et dévalisé sa victime ; est fou celui qui, ayant réellement tué et dévalisé sa victime, n'en tire pas les conséquences que tout un chacun doit en tirer. Il y a une norme des voleurs, que tout individu de bon sens doit connaître ou deviner. Mais se figurer sans nécessité qu'on pourrait être soi-même un criminel, c'est ce qui n'est pas admissible.

Or la figure de rhétorique a, elle aussi, un côté fantaisiste, voire fantastique. Elle n'est pas nécessaire. Elle ne sert à rien. C'est un jeu gratuit avec les mots. Quelle relation la folie entretient-elle avec le jeu gratuit ? Mais le jeu peut-il être gratuit ?

Ces nouvelles questions introduisent un nouveau point de vue, qui pourrait être, littéralement, celui du tentateur. L'idée de folie semble revêtir deux aspects selon l'usage qu'on en fait.

LA FOLIE SELON LES MÉDECINS

D'un côté, le mot rassure : avoir établi que quelqu'un était fou, l'avoir supposé, l'avoir simplement dit donne l'heureuse impression qu'on a résolu une énigme. Devant le comportement étrange, inquiétant, d'un individu, on peut calmer ses craintes en se disant qu'il s'agit d'un dérangement mental. C'est ce qui arrive à nombre d'observateurs, lors du procès de Raskolnikov. C'est ce qui arrive plusieurs fois à Sonia, qui pourtant rejette rapidement cette hypothèse trop facile.

Car, il faut bien le dire, rien n'est plus simple que de prononcer ces mots : il est fou. On finirait presque par se demander s'ils ont encore un sens. Ils correspondent sans doute à une observation : celui dont on parle n'agit pas comme tout le monde ; mais le prétendu diagnostic n'apporte rien de plus, ne révèle peut-être aucune vérité. Dire « il est fou », c'est dire « il n'agit pas comme tout le monde ».

Il y a malgré tout un vague prétexte médical, auquel le roman prête une certaine allure ; un médecin apparaît au chevet de Raskolnikov, l'examine, et à plusieurs reprises, forme l'hypothèse d'une maladie mentale, hésite, y revient. Il pérore là-dessus, non sans imprudence.

« " Nous sommes tous [...], et assez souvent, pareils à des aliénés, avec cette seule différence que les vrais malades le sont un peu plus que nous. Voilà pourquoi nous devons faire une différence. Quant à des hommes parfaitement sains, harmonieux si vous voulez, il est vrai qu'il n'en existe presque pas et qu'on n'en peut trouver plus d'un sur des centaines de milliers d'individus, et encore celui-ci est-il d'un modèle assez imparfait ". »

« Le mot aliéné, imprudemment échappé à Zossimov parti sur son sujet favori, répandit un froid dans la pièce » (p. 240).

Il n'est sans doute pas indifférent que ce personnage soit minutieusement décrit comme un vaniteux ; peut-être le commentateur pécherait-il à son tour par imprudence, s'il se croyait en droit de déclarer que, pour Dostoïevski, tous les hommes sont un peu fous.

Il est clair que Zossimov, pourtant, ne parle pas complètement au hasard : son patient n'est pas dans un état normal. Et c'est justement à partir de la maladie de Raskolnikov que peuvent se poser quelques questions : quelle image le discours du roman donne-t-il de la folie ? Y a-t-il une différence de nature entre les propos de tout un chacun et les phrases de l'homme de science ?

Les réponses semblent simples : l'expérience que les personnages du roman ont de la folie a pour modèle ce que nous appellerions peut-être « bouffées délirantes » et ce que l'on nomme alors « fièvre chaude ». Dans certains états maladifs, caractérisés justement par une forte fièvre et tout ce qui l'accompagne, on observe un trouble de la représentation : Raskolnikov se figure que l'adjoint au commissaire de police est venu chez lui et bat sa logeuse dans l'escalier (p. 124). Un témoin sain d'esprit, la cuisinière en l'occurrence, l'assure que tout cela n'est qu'hallucination et ne correspond à rien dans la réalité.

Cette folie-là est en relation évidente avec le rêve, caractérisé dans ce roman par la netteté des perceptions qu'il propose et qui, elles non plus, ne correspondent à rien dans la réalité. On pourrait aussi évoquer certains types de mensonge en apparence involontaire — mais qui est en état de trancher, de déterminer si un personnage de roman est ou non sincère ? Catherine Ivanovna raconte sur sa famille, sur son passé, sur son ivrogne d'époux, des histoires qui, d'abord un peu modifiées grâce à certaines exagérations, aboutissent au délire total, c'est-à-dire au mépris de toute vérité. Une fois de plus, le critère est l'absence de correspondance entre une représentation mentale, verbale, visuelle, et la réalité à laquelle ont accès la majorité des humains, supposés sains d'esprit.

Le phénomène est donc connu de tout un chacun. Existe-t-il des experts qui savent en faire l'analyse ? Le roman y fait allusion, puisqu'il met en scène le docteur Zossimov. Mais il ne dit rien du savoir particulier que devrait posséder ce praticien. La question n'est pas de savoir si la psychiatrie avait fait quelques progrès à l'époque de Dostoïevski, ou s'il faut la considérer comme encore dans l'enfance. C'est du roman lui-même qu'il s'agit. Or le roman ne semble faire aucune différence entre ce que dit, l'air grave, le spécialiste, et ce que lance, un peu au hasard, le premier venu.

Dans d'autres livres, Dostoïevski sera plus explicite. *Les Démons* se terminent sur cette phrase énigmatique : « Les médecins qui ont procédé à l'autopsie du corps ont catégoriquement écarté l'hypothèse de l'aliénation mentale. » Notre médecine a, semble-t-il, encore beaucoup de progrès à faire avant que pareil examen puisse aboutir à un résultat sûr. Mais la naïveté même de la phrase révèle sa réelle finalité : on attend du mot « folie » qu'il explique, qu'il rassure ; et le médecin est seulement supposé apporter une caution, qui a quelque chose de magique à nos yeux. Il n'y a pas à s'inquiéter qu'un personnage prenne des vessies pour des lanternes ; il est malade.

LA FOLIE INVENTIVE

Il ne faut donc pas s'étonner que Svidrigaïlov converse avec Marfa Petrovna, son épouse, qui est morte et enterrée, et qui vient pourtant lui rendre visite. La réaction de Raskolnikov à ce récit invraisemblable est tout à fait attendue : « Allez donc voir un médecin » (p. 305). Et la réplique de Svidrigaïlov ne l'est pas moins : « Je n'ai pas besoin de vous pour me rendre compte que je suis malade, bien qu'à la vérité je ne sache pas de quoi. »

Le médecin ne sait peut-être pas en quoi consiste exactement la folie ; il dispose au moins de drogues qui en atténuent les effets. Mais il ne semble pas que Svidrigaïlov souhaite, comme le devrait tout homme raisonnable, être délivré de ses hallucinations. Il a un raisonnement tout à fait curieux. « Que dit-on ordinairement ? [...] On dit : tu es malade et par conséquent tout ce qui t'apparaît est dû au délire. Ce n'est pas raisonnable avec une logique rigoureuse. J'admets que les apparitions ne se montrent qu'aux malades, mais cela ne prouve qu'une chose, c'est qu'il faut être malade pour les voir et non qu'elles n'existent pas en soi. »

Le traducteur a peut-être eu tort d'ajouter le mot « raisonnable ». Le texte, que Pierre Pascal suit mot à mot, dit seulement : « Pourtant, il n'y a pas là de logique rigoureuse. » C'est bien de logique au sens le plus formel qu'il s'agit, non pas d'un quelconque substitut du bon sens ; cette logique-là n'a que faire de l'évidence des convictions, elle cherche à rendre compte du fonctionnement de la pensée exprimée. Elle produit éventuellement des paradoxes, des conséquences inattendues. Elle relève les erreurs, les conclusions précipitées, les paralogismes éblouissants. Elle découvre.

Ne cherchons pas d'abord à savoir si Svidrigaïlov a raison ; regardons simplement comment procède sa pensée : dans une proposition admise par tout le monde, dans une proposition dont l'évidence est aveuglante, elle décèle une faille ; plus précisément, elle suggère que la conclusion habituelle ne suit pas nécessairement des prémisses, que d'autres déductions sont possibles, d'autres conclusions.

La folie se trouve avoir partie liée avec la logique, non pas, comme on le dit souvent dans les romans et ailleurs, parce que les fous ont une logique imperturbable et imperméable à tout raisonnement — ce serait là une assez curieuse caricature de la logique —, mais parce que la folie et la logique ont en commun une même capacité à explorer des possibilités inaperçues, et généralement rejetées sous le prétexte qu'elles ne correspondent à rien dans la réalité.

L'intervention de Svidrigaïlov a un caractère particulier : le personnage, par mille traits, doit paraître antipathique, pour ne pas dire pis ; un lecteur emporté par sa lecture se figure sans peine qu'il ment, qu'il ne représente pas le point de vue de l'auteur, que la vérité n'est pas dans ses discours. Toutes ces réactions, simples, saines, incontestables, se heurtent à un petit détail : le discours du personnage ouvre une possibilité nouvelle, inattendue. Et l'on ne peut refuser cette possibilité que par une décision arbitraire, un effort de volonté, un coup de force. Il faut déclarer : cette hypothèse n'a aucun intérêt. Il faut déclarer : le personnage est fou.

Le mot de « folie » sert à faire taire les gens ; il aide à ne pas les entendre. Une fois de plus, il rassure ; c'est qu'il protège contre les hypothèses troublantes que profère la folie elle-même.

Faute d'avoir cette saine réaction de rejet, on commence à prendre garde aux calembours, aux hyperboles, aux exceptions, aux bizarreries, au jeu peut-être infini du possible.

LE SURHOMME ET LE FOU

« Le seul psychologue dont j'ai eu quelque chose à apprendre : c'est l'une des plus belles rencontres de ma vie » : l'hommage que Nietzsche a rendu à Dostoïevski[1] n'a été bénéfique ni pour l'un ni pour l'autre. Il en est sorti, sous la plume de plus d'un commentateur, l'idée que Raskolnikov s'était pris pour un surhomme. On sait que ce mot de « surhomme » figure dans le *Faust* de Goethe ; il n'est donc pas obligatoire de l'employer dans un sens nietzschéen. On pourra toujours dire que l'être « extraordinaire » qui a le droit de tuer, selon les paroles de Raskolnikov commentant son propre texte, pourrait être appelé « surhomme » ; il est seulement imprudent de poser en principe que ce surhomme-là a quelque chose de commun avec celui dont parlait Zarathoustra. La question « Suis-je ou non un surhomme ? » est étrangère à Nietzsche.

Raskolnikov pose, en d'autres termes, cette question. Il semble l'avoir sous-entendue dans son article, encore que, une fois de plus, le lecteur ne puisse pas se faire directement une idée de ce texte qui n'est jamais cité. S'il faut en croire Porphyre Petrovitch, les considérations sur l'homme exceptionnel, sur l'homme qui se trouve au-dessus de lois, n'occupent que très peu de place dans un essai essentiellement consacré à l'état maladif qui caractérise les criminels. Le juge d'instruction vient de faire une allusion à ce sujet. Il poursuit : « C'est une thèse très, très originale, mais ce n'est pas à vrai dire cette

1. Nietzsche, *Le crépuscule des idoles*, § 45. Cette phrase constitue à elle toute seule le texte le plus long que Nietzsche ait jamais consacré à Dostoïevski. On la retrouve, un peu changée, dans les notes qui ont servi à fabriquer *La volonté de puissance*.

partie de votre article qui m'a particulièrement intéressé, mais certaine pensée glissée vers la fin. Vous vous êtes malheureusement contenté de l'indiquer de façon sommaire et vague... Bref, vous insinuez, à un moment donné, qu'il existe des êtres qui peuvent... ou plutôt, il ne s'agit pas de pouvoir, mais ont pleinement le droit de commettre toutes sortes d'actions criminelles et pour lesquels la loi n'est point faite » (p. 275).

Cette pensée, « glissée » rapidement, n'est pas développée dans l'article lui-même. Raskolnikov l'indiquera à nouveau, plus tard, quand la discussion sur le droit de tuer aura pris une certaine ampleur : « Il n'y a rien de tout cela dans mon article. Je n'ai fait qu'y effleurer la question » (p. 280).

C'est au cours de la conversation que cette pensée « sommaire et vague » donne lieu, de la part de Raskolnikov, à un commentaire en forme, qu'il faut lire en tenant compte du contexte, évidemment, c'est-à-dire des circonstances : le jeune homme pense qu'on le soupçonne, et il s'adresse au juge d'instruction, au cours d'une conversation amicale, en dehors de toute procédure d'enquête. Il pense qu'il manœuvrera finement son adversaire s'il fait preuve de la plus grande aisance dans une conversation toute théorique sur le crime. Il n'éprouve donc — ou semble n'éprouver — aucune réticence à développer sa thèse avec un certain luxe de détails.

Les hommes extraordinaires qui sont nommés dans son discours passent en général pour respectables : Newton, Kepler ; Lycurgue, Solon, Mahomet, Napoléon. Les deux premiers ont fondé une science ; les trois suivants ont donné des lois à une société ; peut-être faut-il en dire autant du dernier, puisque, somme toute, un code porte son nom. On peut considérer que Porphyre Petrovitch sera d'accord pour admettre que les exemples sont bien choisis.

La thèse avancée est alors très claire : ces fondateurs de sciences, ces législateurs ont proposé à leurs semblables des représentations, idées, images, valeurs, dont les autres n'avaient pas l'habitude. Ils ont pu passer pour fous auprès de ceux qu'étonnait la nouveauté de leur pensée. Raskolnikov va plus loin. Il avance le terme de « criminel ». « Tous les législateurs et les guides de l'humanité [...] ont été des criminels, car, en promulguant de nouvelles lois, ils violaient, par cela même, les anciennes qui avaient été jusque-là fidèlement observées par la société et transmises de génération en génération » (p. 276).

Naturellement, on a envie de se demander si les criminels qu'ont été les grands législateurs ont, comme tous les criminels dont traitait le début de l'article, commis leur crime dans un état psychologique qui relève de la pathologie. Le roman ne répond pas à la question. Mais il offre une autre tentation : celle de prendre au mot Svidrigaïlov — même si, au moment de la première discussion avec Porphyre, il est encore dans les coulisses de l'œuvre — et de chercher à savoir s'il existe un lien entre son opinion sur la maladie et les « mots nouveaux » prononcés par les hommes extraordinaires. Pour voir apparaître les morts en plein jour, disait-il, il faut être malade ; les morts apparaissent peut-être réellement, mais seuls les malades, certains malades, peuvent les voir ; cette hypothèse peut-elle être transposée au domaine de ces hallucinations d'un autre genre que sont les nouvelles visions du monde, de l'homme, des rapports entre hommes ? Ne faut-il pas être, pour concevoir une loi nouvelle, aussi malade que pour avoir des apparitions ?

Une fois de plus, c'est l'imagination qui est en jeu, l'imagination dans ce qu'elle peut avoir de logique, l'imagination qui combine de manière nouvelle des éléments dont tout le monde estimait que tous leurs arrangements possibles avaient été énumérés et explorés. Porphyre Petrovitch en fournit un exemple très clair : « En composant votre article, il est impossible, hé ! hé ! que vous ne vous soyez pas considéré vous-même, au moins en partie, comme un de ces hommes extraordinaires et destinés à prononcer des " paroles neuves " dans le sens où vous l'entendez » (p. 282).

Fidèle à sa stratégie, Raskolnikov acquiesce. Logiquement, il ne peut pas ne pas acquiescer. Il aura été le premier dans l'histoire de l'humanité à dire que les novateurs en matière de science ou de droit ont été considérés comme des criminels, le premier à dire qu'ils ont droit au crime. Cette nouvelle combinaison de mots, cette adjonction de prédicats inhabituels peut être analysée comme une pensée neuve, comme une parole neuve. Raskolnikov a donc bien, lui aussi, prononcé une parole neuve.

On serait alors tenté de dire que sa crainte de la folie, qui s'exprime notamment avant et pendant le meurtre, peut n'être pas sans relation avec l'idée qu'il a de n'être pas un homme du commun. Cette idée, l'accepte-t-il jamais ? Longtemps il se reprochera, comme une marque de faiblesse, d'avoir posé la question : un homme réellement extraordinaire devrait agir sans hésitation, sans le moindre doute sur lui-même ; le droit au crime prendrait chez lui une allure évidente. À la limite, seuls ceux qui manquent d'assurance évoquent ce droit, parce qu'ils se sentent dans l'obligation de revendiquer leur particularité, de plaider pour la faire admettre, au lieu de l'imposer sans scrupules.

Or Raskolnikov doute ; il envisage une possibilité nouvelle, celle d'un crime parfaitement légitime, et recule devant cette nouveauté. Et ce recul peut s'exprimer de diverses manières : à travers le dégoût, certes, mais aussi par la dérision. « Suis-je vraiment capable de " cela " ? " Est-ce " seulement sérieux ? Pas le moins du monde, tout simplement un jeu de mon imagination, une fantaisie qui m'amuse. Un jeu ! oui, c'est bien cela, un jeu ! » (p. 4).

Il ne serait pas impossible d'admettre que la folie fait partie des jeux de l'imagination. C'est le nom que, pour les déprécier, donnent à ces jeux les gens du commun. Raskolnikov va-t-il accepter de passer pour fou ? En est-il capable ?

On montrerait assez facilement que les raisonnements qu'il se tient pendant les longues heures passées à monologuer dans le placard qui lui sert de chambre, pour autant qu'on puisse les deviner à travers les témoignages en lambeaux qu'il en donne, font jouer tous les abus de langage possibles et n'ont rien de commun, quoi qu'il dise, avec la logique. L'idée d'un projet incontestable, irréfutable, ne cesse pourtant de flotter à son horizon. « Non, je n'en aurai pas le courage ; je ne l'aurais pas, lors même que tout mon plan forgé ce mois-ci serait clair comme le jour et exact comme l'arithmétique » (p. 66).

Les sciences exactes, le formalisme mathématique devraient présider à son idée, produit elle-même d'une démarche scientifique. En fait on se rend facilement compte que les assimilations douteuses, les calembours, les hyperboles incontrôlées fourmillent dans son discours. Comment passe-t-on de la découverte de l'attraction universelle à l'assassinat d'une petite vieille femme aux cheveux gras ? Il faut jouer sur l'expression « grand homme », choisir un exemple ambigu, et extrapoler à partir de cet exemple. Voilà à quoi sert Napoléon.

Napoléon peut passer pour un législateur. Il est aussi un homme qui, parti de très bas, a réussi à conquérir un immense pouvoir. On rappelle volontiers que sa carrière a commencé par quelques actions impitoyables : le siège de Toulon, la canonnade de Saint-Roch, l'exécution du duc d'Enghien. On en fera l'image de l'aventurier que les scrupules n'étouffent pas. « Que serait-il arrivé si Napoléon s'était trouvé à ma place et qu'il n'ait eu pour aider ses débuts ni Toulon, ni l'Égypte, ni le passage des Alpes au mont Blanc, mais au lieu de tous ces brillants exploits, une simple petite vieille parfaitement ridicule, une veuve usurière, qu'il devrait tuer au surplus pour lui voler l'argent de son coffre (pour sa carrière, comprends-tu ?) » (p. 438).

L'hypothèse a quelque chose d'étrange ; elle serait moins facile à construire à partir de Solon ou de Lycurgue, qui passent pour des parangons de vertu. Mais dans l'Europe romantique, Napoléon a souvent été pris pour un adepte de Machiavel. Son neveu, qui s'est emparé à son tour du pouvoir dans des conditions moralement douteuses, ne recule pas devant les indélicatesses nécessaires. Indélicatesses que Victor Hugo appelle des crimes. Le même neveu a fait paraître une biographie de César, où l'on a cru pouvoir lire une apologie du réalisme politique poussé jusqu'au cynisme. Napoléon n'est pas un mauvais point de départ pour un raisonnement tortueux.

Il peut être un point de départ parce qu'il est un individu, un individu singulier, au sens logique du terme. C'est le lieu où coïncident fortuitement un législateur, un grand conquérant, un aventurier, un cynique. On peut jouer à confondre ses rôles et construire à partir de là de hâtives généralisations. On finira par dire : tous les grands hommes ont commencé par des crimes.

Cette procédure en rejoint une autre, qui consiste à jouer sur le mot « crime ». Quiconque invente une parole nouvelle, quiconque transforme les lois auxquelles se soumettent les humains commet par le fait même un crime. Lycurgue et Solon ont commis des crimes, en changeant les lois de Sparte et d'Athènes. Il ne suit pas de cette observation un rien métaphorique qu'ils ont commis des assassinats, des vols qualifiés et autres vilenies. Mais le sens élargi et le sens précis sont facilement confondus.

Si, comme le suggérait Raskolnikov, l'innocent jeu rhétorique qui consiste à penser que le rouge du sang ne sera pas vu sur le rouge d'une étoffe doit être considéré comme la marque indubitable d'une folie galopante, la pensée que le héros ressasse dans la solitude et qu'il essaie plus tard d'expliquer à Sonia relève simplement de la folie.

Le mot « folie » sera donc pris également dans deux sens : il pourra désigner la prolifération anarchique du discours aboutissant aux conclusions les plus diverses ; il pourra désigner, pour autant qu'il choque les esclaves du conformisme, tout mouvement de pensée qui aboutit à une parole nouvelle. Tout grand homme est fou, dans le second sens ; Raskolnikov est fou dans le premier sens.

LE FOU ET L'INNOCENT

Mais la question de la folie n'est pas épuisée par un examen de Raskolnikov, de son comportement, de sa pensée. Nous étions partis d'une remarque de Sonia qui se demande, pour elle-même, si son interlocuteur n'est pas fou. Il importait que la jeune fille rejette l'hypothèse : c'était la preuve qu'elle ne rejetait pas celui qui venait lui demander de ne pas l'abandonner.

Au même moment ou presque, Raskolnikov se demande si Sonia n'est pas folle. À dire le vrai, il emploie plus volontiers des termes qu'il n'est pas facile de traduire. D. Ergaz a visiblement sous-estimé la difficulté. Elle écrit en effet :

« " Tu étais liée avec Élisabeth ?

« — Oui... C'était une femme juste, elle venait me voir... Rarement... elle ne pouvait pas... Nous lisions ensemble... et nous causions. Elle voit Dieu maintenant. "

« Étranges paraissaient à Raskolnikov ces paroles livresques et cet événement ! Que pouvaient être les mystérieux entretiens de ces deux femmes, deux idiotes ?

« " Il y a de quoi devenir fou soi-même, c'est contagieux ", pensa-t-il.

« " Lis ", s'écria-t-il tout à coup avec un accent irrité et pressant.

« Sonia hésitait toujours. Son cœur battait avec force. Elle n'osait pas lire devant lui. Il regarda d'un air presque douloureux la pauvre aliénée » (p. 344).

Dans l'original, les mots que traduit « pauvre aliénée » sont entre guillemets et n'ont pas la même valeur médicale que les mots français. Les guillemets seraient motivés par le rappel d'une phrase antérieure de Raskolnikov à Sonia : « Vous dites que Catherine Ivanovna a l'esprit troublé, mais le vôtre l'est aussi » (p. 340)[1].

1. Le mot traduit par « aliéné » est de la même racine que le verbe traduit par « troublé ».

Il n'est pas impossible d'entendre dans les mots russes que prétend rendre l'expression « pauvre aliénée » une nuance de compassion plus que l'indication d'un diagnostic. Le peuple russe, au moins tel que Dostoïevski le voit, a pitié des déments comme il a pitié des criminels, qu'il appelle « les malheureux ». Il faut avoir cette idée présente à l'esprit pour saisir quelque chose du mot *iourodivaïa*, que D. Ergaz a cru pouvoir traduire par « idiote ». Évidemment un roman de Dostoïevski s'appelle *L'idiot*, et son héros, celui qui justifie le titre, laisse le souvenir d'un homme plein de bonté humaine et de charité chrétienne. Mais le *Boris Godounov* de Pouchkine, transformé en opéra par Moussorgski, a imposé une traduction du mot *iourodivy ;* on dit : « innocent ». Et il est pratiquement impossible de traduire sans employer ce mot la phrase où Raskolnikov dit : « Il y a de quoi devenir fou soi-même », ainsi que celle qu'il prononce deux pages plus haut : « Elle est folle ! elle est folle ! » (p. 343).

Il faudrait lire, comme Pierre Pascal : « C'est à devenir soi-même un innocent ! C'est contagieux ! » et « Une innocente, une innocente ! » Dans d'autres contextes, et en particulier dans des textes plus anciens, Pierre Pascal, pour traduire *iourodivy*, utilisait l'expression « fol en Dieu ».

Il faut comprendre que, dans la tradition russe comme, autrefois, dans nombre de traditions occidentales, le fou passait pour un être spécialement protégé par Dieu et capable de témoigner pour la justice et la vérité dans un monde de ruses et de trahisons. L'innocent de *Boris Godounov* est le seul qui ose reprocher au souverain son forfait. Il est arrivé, dans des époques anciennes, qu'un *iourodivy* parfaitement lucide, aussi peu dément que faire se peut, ait adopté pour des raisons religieuses un comportement qui est habituellement celui des fous : mépris des contingences extérieures, mépris de certaines convenances sociales. C'est bien l'aspect religieux qui porte dans le mot l'essentiel du sens.

Pour un esprit moderne, comme on dit, la différence n'est pas grande entre cette folie religieuse, éventuellement en partie simulée, et la folie tout court. On peut supposer que Raskolnikov est un esprit moderne. On peut faire la même hypothèse pour D. Ergaz, la traductrice. Sonia paraît bien exaltée. « Que serais-je devenue sans Dieu ? » (p. 342). Mais le signe auquel Raskolnikov la reconnaît comme innocente, c'est l'aisance avec laquelle son discours intègre des formules « livresques ». La traductrice ne peut ici que désespérer. Sonia vient de dire d'Élisabeth : « Elle voit Dieu. » On peut être plus exact, écrire : « Elle verra Dieu. » Un lecteur entend-il dans ces trois mots un écho du Sermon sur la montagne[1] ? Il l'entendrait plus facilement en russe, où le verbe appartient à la langue liturgique et signale d'emblée la citation.

1. « Bienheureux ceux dont le cœur est pur, car ils verront Dieu », Évangile selon saint Matthieu, V, 8.

Dans l'Église russe, on utilise, pour la liturgie, une langue appelée « slavon d'Église », qui est une langue slave, un peu différente du russe, mais assez facilement intelligible pour un Russe, d'autant qu'une grande partie de son vocabulaire est passée telle quelle dans la langue russe couramment écrite. La distance entre le slavon d'Église et le russe est beaucoup moins grande que celle qui sépare le latin du français. Il est toujours possible de glisser dans une phrase russe un ou plusieurs mots slavons ; en particulier, il est courant de citer la Bible en slavon. L'effet stylistique, très sensible, ne peut pas être transposé en français.

Faut-il traduire mot à mot ? Est-il possible de traduire mot à mot ? Le sens d'une phrase peut-il être divisé en petites unités, séparées les unes des autres, attachées à des mots, et que l'on transposerait une par une dans une autre langue ? Il prend envie d'écrire :

« " Oui... elle était au nombre des justes... elle venait... pas souvent... pas possible... Nous lisions, toutes les deux... nous causions. Il est dit : 'Heureux les cœurs purs, car ils verront Dieu'. C'est pour elle ". »

« Étranges étaient pour lui et le son de ces paroles venues du livre, et encore cette nouveauté : ces rencontres secrètes avec Élisabeth ; et toutes deux étaient des innocentes. »

Un des traits du discours de Marmeladov, sur la fin de son improvisation éthylique, était la présence de mots venus du Livre.

Il ne suffit pas que Raskolnikov ait identifié Sonia comme une innocente. Le texte du roman indique de plus que cette découverte est une « nouveauté » ; ici, le mot se transcrit sans difficulté et il est un peu désinvolte de le rendre, comme le fait D. Ergaz, par « événement », encore que, par là, soit rendue justice à l'extrême importance de ce détail : l'innocente qui cite constamment l'Évangile apporte, elle aussi, une « parole neuve ». C'est sans aucun doute ainsi que Dostoïevski l'entendait ; il y a chez lui une mystérieuse analogie entre le saint et celui qu'il n'appelle pas le « surhomme » mais le « grand pécheur » ; jusqu'à son dernier souffle, il a rêvé de peindre la figure d'un saint qui serait passé par le crime. Faut-il entendre que le personnage, après avoir goûté à différentes « paroles nouvelles » qui le menaient à des crimes métaphoriques ou sanglants, comprenait enfin qu'il n'est pas d'autre « parole nouvelle » que celle du Christ ? Ce serait une singulière impertinence, et parfaitement sotte, que de prétendre expliquer en deux phrases ce que Dostoïevski n'est jamais arrivé à dire ; ce serait, de plus, croire qu'on fait un roman avec des formules abstraites, donc confondre une fois de plus roman et journalisme.

Une chose est certaine, limitée mais certaine : Raskolnikov est frappé par la « nouveauté » de ce qu'il vient de comprendre, et ce, juste au moment où Sonia, sur sa demande, va commencer la lecture de l'Évangile.

On sait que cette idée lui vient de Porphyre Petrovitch, qui a demandé : « Vous croyez [...] à la résurrection de Lazare ? [...] vous y croyez littéralement ? » (p. 278).

Le juge d'instruction n'avait pourtant rien d'un innocent.

L'homme extraordinaire, celui qu'il plaît aux critiques d'appeler le « surhomme », est l'objet d'une réflexion abstraite ; mais il peut porter un nom propre, apparaître comme un personnage singulier. On l'imagine alors accomplissant un geste lui aussi singulier. Toute la difficulté du roman tient à ce que Raskolnikov n'arrive pas à imaginer jusqu'au bout ce geste : Napoléon levant une hache pour fendre le crâne d'une méchante petite vieille aux cheveux en queue de rat ?

Il y a incontestablement une obsession de ce geste, qui revient dans la vie éveillée et dans les rêves du personnage. L'idée abstraite du crime est inséparable de cette image : la hache levée ; on se le rappelle : lorsque le meurtrier parvient enfin à prononcer les mots qui disent son forfait, il n'oublie pas ce détail. « C'est moi qui ai assassiné à coups de hache pour les voler la vieille prêteuse sur gages et sa sœur Élisabeth » (p. 559).

Ce détail est plus important qu'il n'en a l'air. Il trouve sans peine sa place dans les rêves. Il reste étranger au discours proliférant sur le droit au crime.

L'innocente, dans le roman, propose un récit, un récit singulier, comportant des gestes et des paroles qui ne peuvent être répétés qu'à l'identique, dans une liturgie. Les vérités de l'Évangile, dont Gide a tant parlé à propos de Dostoïevski, et non sans raison, sont d'abord des scènes vues, rejouées.

La lecture que Sonia fait de l'Évangile est d'une extraordinaire présence. Dostoïevski prend soin de la mettre en scène, de ne jamais oublier ses personnages ; le texte évangélique apparaît par fragments, pour que ne soient perdus de vue ni celle qui dit les paroles, ni celui qui les écoute. L'épisode relève-t-il de la liturgie, du théâtre ? Il est possible que la question n'ait pas d'objet. L'essentiel est ceci : une réalité impalpable mais vécue flotte un instant, à travers les mots, dans l'espace. Il importe peu que cette réalité soit, par certains, tenue pour fictive, ou bien dépourvue de sens. C'est la présence de la vision qui l'emporte.

Il est presque impossible de dire à quel point la jeune fille s'identifie à ceux dont elle lit l'histoire. Elle est littéralement Marthe, c'est-à-dire la sœur de Lazare.

« Elle lui dit :

« (Et Sonia, reprenant son souffle péniblement, articula ces mots avec force, comme si elle avait fait elle-même publiquement sa profession de foi.)

« " Oui, Seigneur, je crois que tu es le Christ, le Fils de Dieu descendu sur terre " » (p. 346).

La présence de l'auteur sert ici, comme ailleurs, à maintenir la distance entre lecteur et personnage, ce qui a pour effet de plonger le personnage dans le présent de sa passion. C'est l'auteur qui dit « comme si », et qui, du coup, suggère que, pour Sonia, il n'y a pas de distanciation dramatique, mais identification. Et, plus loin, on voit revenir les mêmes mots « comme si », avec le même effet :

« Sonia lut ces mots d'une voix claire et triomphante, en tremblant comme si elle avait vu le miracle de ses propres yeux » (p. 347).

L'effet suggéré est un effet d'hallucination, comparable à ce qui se passe sur un théâtre dans la conception des hommes du XIXᵉ siècle. On peut aussi dire qu'il s'agit d'un effet de vision, au sens religieux du terme.

Notons que la scène s'achève brusquement, et que les interprétations allégoriques, les applications d'une vérité abstraite ne font alors l'objet d'aucun commentaire, ni dans la narration, ni dans les discours des personnages. « C'est tout pour la résurrection de Lazare » (p. 347).

Raskolnikov ne sort pas convaincu de l'expérience. Bouleversé sans doute. Mais non pas contraint par des arguments à accepter une conclusion. Aristote disait des mystères d'Eleusis qu'on y était non « instruit », mais « disposé ».

C'est seulement lorsque le côté scénique et, pour ainsi dire, vécu de la scène a été mis en évidence que l'on peut s'interroger sur sa valeur allégorique et sur ce qu'y signifie l'idée de résurrection. Mais il faut interrompre la lecture. On songe alors, évidemment, aux dernières pages de l'œuvre, à ce réveil de Raskolnikov, qui porte expressément le nom de résurrection : « Tous deux étaient maigres et pâles, mais, sur ces pauvres visages ravagés, brillait l'aube d'une vie nouvelle, celle d'une résurrection. C'était l'amour qui les ressuscitait » (p. 576).

Quelques lignes plus bas, il est fait mention, une mention symbolique, de l'Évangile dans lequel Sonia a lu à Raskolnikov le récit de la résurrection de Lazare. La répétition du mot dans des contextes légèrement différents impose clairement une signification métaphorique : Raskolnikov, enfermé dans son péché, était mort.

On se rappelle que, par ailleurs, la scène se passe peu après Pâques, donc peu après la fête qui célèbre la résurrection du Christ. Il ne faut pas oublier que, pour un Russe, dans un pays où l'arrivée du printemps est extrêmement rapide, avec débâcle des glaces et fonte des neiges, cette fête prend une force dont on n'a nulle idée sous des climats plus tempérés. Des expressions banales comme « la nature revit » ont plus de sens.

Tout au plus faut-il indiquer que Dostoïevski a fait de cette résurrection un commencement, le prélude à un autre roman qu'il n'a jamais écrit, qui serait celui de la « régénération » d'un homme. Il en est, pour ainsi dire, resté au printemps et s'est contenté d'évoquer un été à venir sans entreprendre de le peindre.

Pour en revenir au texte de l'Évangile, il fait nettement l'objet d'une interprétation de type anagogique : du sens littéral, on passe au sens mystique ; de la résurrection de Lazare, à ce que représente, pour tout pécheur qui se repent, l'entrée dans une vie nouvelle. Mais le sermon qui devrait déployer ces vérités n'a pas été écrit. On le chercherait vainement dans le roman.

Il serait tout à fait erroné de vouloir opposer un monde d'idées, où flotte le spectre du surhomme, où le langage dérive au gré des hyperboles, des calembours, des comparaisons incontrôlées, à un monde du récit singulier, de la scène vécue, où seraient dites d'incontestables, de quasi tangibles vérités.

Le langage ne dérive pas moins dans le monde religieux que dans les autres, et les identifications de personnages n'y sont pas moins répandues, la prolifération des doubles s'y exerce aussi vivement.

C'est une respectable tradition de l'exégèse biblique que de relever les coïncidences les plus diverses, sans négliger les plus légères, pour procéder à des rapprochements dont la subtilité va jusqu'à l'argutie. On n'a pas besoin de déployer des trésors de perspicacité pour voir que le nombre trente est lié à Sonia, dont la virginité a été vendue pour trente roubles (p. 20), à qui son ivrogne de père va emprunter trente kopecks, « les derniers, tout ce qu'elle avait » (p. 24). On se souvient que c'est pour trente deniers que Judas, l'apôtre traître, a livré le Christ aux princes des prêtres.

Sonia, avant d'incarner, dans sa lecture, le rôle de Marthe, sœur de Lazare, a été, par l'effet d'un verset que cite Marmeladov, la « pécheresse connue dans la ville », qui vient verser en pleurant du parfum sur les pieds du Christ et de qui il est dit : « Ses péchés sont pardonnés parce qu'elle a beaucoup aimé[1]. »

Le récit évangélique met en scène des personnages indignés, à qui l'attitude du Christ paraît scandaleuse, et parce qu'il remet les péchés, et parce qu'il ne semble pas savoir

1. Voir Évangile selon saint Luc, VII, 47. Marmeladov transforme un peu la phrase (Folio, p. 25), mais il la cite en langue liturgique, en slavon.

qu'il a affaire à une personne sans moralité. On n'aura aucune difficulté à trouver dans *Crime et châtiment* les doubles de ces censeurs.

Il n'est pas interdit de se rappeler qu'ont été crucifiés avec le Christ deux brigands, assassins et voleurs, et que l'un d'eux, ayant dit : « Seigneur souviens-toi de moi quand tu seras dans ton royaume », s'est entendu répondre : « En vérité je te le dis : aujourd'hui tu seras avec moi dans le paradis. » À ce bon larron de la tradition il serait possible de comparer Raskolnikov, qui finit, lui aussi, par admettre qu'il souffre en proportion de son méfait.

Beaucoup plus important dans l'économie du livre tel que son auteur le souhaitait est le véritable jeu de mots auquel donne lieu le terme « résurrection » que nous avons déjà rencontré, et au sens concret, dans le récit de la résurrection de Lazare, et dans un sens métaphorique, ou allégorique, à la fin de l'épilogue. Ce jeu de mots tend à identifier Raskolnikov et Lazare.

On serait tenté d'indiquer que la propre sœur de Lazare, Marie, accomplit, dans l'Évangile selon saint Jean, le même geste que la pécheresse : elle verse du parfum, en pleurant, sur les pieds du Christ. La tradition orthodoxe a, semble-t-il, résisté à la tentation d'identifier les deux personnages, alors que la tradition romaine y a cédé, créant ainsi Marie Madeleine. Sans doute serait-il imprudent de croire que Dostoïevski a fait exprès de rapprocher les textes que nous venons de citer. Il reste que le rapprochement n'est pas impossible.

Si simples que soient les vérités religieuses auxquelles le roman fait allusion, elles n'ont pas figé la grande dérive du langage. Seules demeurent des scènes, que l'écriture a fixées, et que l'on peut lire, de manière quasi rituelle.

IV RÉCITS

LE RÉCIT DE RÊVE

Scènes qui s'imposent à la vision. Il en va de même des rêves. On observe, dans *Crime et châtiment*, un phénomène assez extraordinaire : les rêves que le livre raconte n'ont aucunement le caractère prophétique qui, dans la littérature antique comme dans celle du classicisme, semble inévitable. Dans les *Choéphores* d'Eschyle, dans l'*Électre* de Sophocle, dans le *Richard III* de Shakespeare, dans l'*Athalie* de Racine, pour ne prendre que quelques exemples, le rêve est à lire comme un oracle : il donne à deviner, sous un voile plus ou moins transparent, avec des comparaisons plus ou moins surprenantes, un secret que l'avenir finira par révéler. De même que la tragédie est organisée en fonction de son dénouement, le rêve qui s'y trouve raconté n'existe que comme une énigme, et dépend entièrement de sa clef.

Dostoïevski n'est pas le seul à avoir adopté une autre méthode. On rencontre chez

Pouchkine, chez Victor Hugo, des rêves qui ne se réduisent pas à un message chiffré[1]. Dans *Crime et châtiment*, le nombre des rêves est particulièrement élevé ; et tous, au lieu de laisser prévoir l'avenir, se présentent comme une variation libre sur des éléments empruntés au passé.

1. Voir le rêve de Tatiana, dans *Eugène Onéguine*, au chapitre V ; le rêve de Jean Valjean, dans *Les misérables*, Ire partie, VII, 4.

Raskolnikov rêve. Svidrigaïlov aussi. Ils sont les seuls. Ce trait les unit plus que tout autre, tend à faire de l'un le double de l'autre : le lecteur est invité par le texte même à jouer l'identification, à vivre une expérience particulière : les traits de la réalité, peu à peu, se déforment, on entre dans un monde légèrement absurde, quoique toujours logique, puis, brutalement, on se réveille. C'est selon ce schéma que le temps s'organise, à plusieurs reprises, pour les deux personnages. Pour les autres, dont on ne connaît que les paroles, ils semblent vivre dans un monde constant, homogène, qui ne subit pas de déformations et ne comporte aucune rupture.

Le réveil brutal marque au contraire un temps, et produit un certain effet de fixation : détaché du reste du récit, le rêve tend à se composer en image indélébile, plus obsédante encore que les grandes scènes dont il vient d'être question. Mais il est lui-même organisé comme une scène, comme un récit autonome, qui serait un double imparfait de la réalité, de la même façon que Svidrigaïlov est un double imparfait de Raskolnikov.

Regardons par exemple le premier rêve qui se rencontre, le plus classique, le plus traditionnel dans sa facture, celui de la mort de la petite jument. Le lecteur qui connaît déjà l'histoire observe un certain rapport, mais non exactement prophétique, entre ce que raconte le rêve et ce qui va se passer chez la vieille usurière. Il est trop clair que ce souvenir d'enfance[1] — donné très explicitement comme tel — a la même structure narrative que le meurtre, meurtre encore non accompli à l'époque du rêve. On peut définir des rôles : celui de l'assassin, celui de la victime. On peut remarquer que le très important rôle du témoin oculaire n'est occupé par personne dans la réalité : Raskolnikov enfant assiste avec son père à la mise à mort du cheval ; mais la mort de la vieille usurière et de sa soeur a lieu loin de tout regard. Les témoins — il en existe, et beaucoup — ne peuvent rendre compte que d'aspects secondaires du crime : deux clients de l'usurière ont trouvé la porte close, puis inexplicablement ouverte ; le peintre dans l'appartement du second étage a ramassé un bijou sur le parquet. Personne n'a vu la hache levée. De là vient sans doute l'importance du personnage mystérieux et laconique qui accuse Raskolnikov à la fin de la troisième partie : il semble, lui, avoir tout vu.

1. De l'enfance de Raskolnikov, s'entend ; peut-être aussi de celle de Dostoïevski, mais est-ce capital ?

Problématique aussi le rôle de tous les complices. Dans le rêve, la victime est tuée par un ivrogne en joyeuse compagnie, dont les camarades de bamboche, gars et filles, semblent ravis par le spectacle qu'il leur donne. Certains lui prêtent main-forte ; d'autres se contentent d'approuver : une paysanne « croque ses noisettes et ricane » (p. 62-64). Voilà encore toute une série de rôles qui ne seront pas remplis dans le meurtre réel : Raskolnikov agit seul.

En fait, une interprétation acceptable conduirait à dire que cette foule est représentée non pas dans la réalité du meurtre, mais dans les discours dont Raskolnikov l'entoure : la vieille usurière est inutile, à ce qu'il croit, comme est devenue inutile, aux yeux de Mikolka l'ivrogne, la petite jument incapable de tirer le lourd chariot. Raskolnikov pense parfois qu'il tue pour le bien de l'humanité, pour des misérables anonymes qui seront plus tard ses obligés. En ce sens le rêve, qui exhibe brutalement la férocité tranquille des spectateurs complices, semble une caricature affreuse des rêves humanitaires du jeune homme.

L'essentiel reste l'identité de Mikolka, l'ivrogne meurtrier du rêve, et celle de Raskolnikov, le futur assassin. Il est incontestable que le rêve a un rôle prémonitoire, au sens étymologique du terme, en ce qu'il avertit. Il ne décrit pas l'avenir, il met en garde contre une tentation ; il dit : tu seras semblable à cette brute, qui te faisait peur. Ce n'est pas un destin qui s'indique sans se révéler tout à fait. C'est la représentation d'une hypothèse, avec ses conséquences. Toute la première partie du roman est d'ailleurs, d'une certaine façon, écrite au conditionnel.

Des lecteurs particulièrement subtils ont fait observer, à juste titre, que l'élément prophétique n'est pourtant pas tout à fait absent ; la victime unique succombe à des coups multipliés ; mais surtout, deux instruments de mort sont en jeu : Mikolka utilise d'abord un brancard, puis un levier de fer ; notons en passant qu'il ne recourt pas à la « hache » que suggérait un complice, et qui apparaît ici tout à fait comme ce que Freud appelle un « reste diurne ». Il est possible d'établir une correspondance entre les deux armes du rêve et les deux victimes de la réalité.

Mais il faut bien reconnaître que cette interprétation ne peut intervenir que d'une manière seconde, comme en marge de ce qu'impose d'abord la lecture. Elle permettra plus tard, en liaison avec d'autres détails, de faire apparaître une des innombrables figures cachées du texte : le meurtre de la mère[1]. Une figure cachée, un réseau de métaphores dont il serait absurde d'estimer qu'il constitue le sens dernier de l'œuvre.

1. Voir, dans le Dossier, le texte d'Alain Besançon, p. 178.

Le rêve de la mort de la jument est encore par certains aspects subordonné à l'organisation générale de l'œuvre, au futur qui se dessine. Il n'en a pas moins une très grande autonomie par rapport à son rôle prémonitoire : d'innombrables détails semblent développés pour eux-mêmes, sans qu'on puisse commodément leur assigner un sens allégorique.

DU CAUCHEMAR AU MYTHE

Les autres rêves qui figurent dans le roman sont beaucoup plus déroutants. Plusieurs d'entre eux ont en commun, d'abord, un trait caractéristique : on ne sait pas très bien quand ils commencent. La réalité se met à dériver ; et quand on atteint l'invraisemblance — mais on ne l'atteint pas toujours —, il y a beau temps que l'on est, sans le savoir, dans l'hallucination. Pendant une page, on a flotté dans le domaine du possible. D'autre part les révélations du rêve, qui ne portent plus sur l'avenir, peuvent sembler banales. Raskolnikov, par exemple, a beau frapper la vieille, elle est toujours parfaitement vivante et se moque de lui. Il est tout de même un peu facile de se dire : cela signifie qu'il ne pourra pas perdre le souvenir de son acte. Svidrigaïlov voit une jeune fille dans un cercueil ; il la connaît, il sait qu'elle s'est suicidée. On n'a pas besoin de jouer sur les grandes orgues de la psychanalyse pour se rappeler qu'il a été dit : « Loujine vous a même accusé d'avoir causé la mort d'un enfant » (p. 499)[1].

1. Voir aussi Folio, p. 273 et p. 316.

Le sens du rêve a moins d'importance que son élaboration, que sa puissance d'hallucination. De la même façon, il semblait que le geste de Raskolnikov maniant la hache avait plus de réalité que toutes les explications psychologiques qui essayaient d'en rendre compte.

Mais, malgré sa tendance à l'autonomie, le rêve entretient des relations avec d'autres épisodes du livre, des relations d'analogie ; il est comme une variation sur certains motifs déjà entendus. Il donne de nouveaux aspects d'une réalité déjà présentée. Regardons par exemple les deux derniers rêves de Svidrigaïlov, et admettons, ce qui est fort vraisemblable, qu'ils ont l'un et l'autre un rapport avec l'histoire sordide que l'on évoque quand il est question du personnage. On sait que cette histoire reparaît dans *Les démons*, où elle semble entraîner, là aussi, un suicide : celui de Stavroguine.

Un premier rêve prend l'allure d'une description, d'une description en mouvement. Le personnage est dans un jardin, devant une maison ; il monte l'escalier, entre, voit un cercueil. Images toujours riantes. « Il ne voyait que des fleurs » (p. 533). Allusions d'abord invisibles à de l'eau, jusqu'au moment où il est dit que les cheveux de la très jeune fille qui repose dans le cercueil sont mouillés. Tout est expliqué, avec une grande délicatesse, dans une langue qui évoque un roman romantique, sentimental, mais de bonne tenue. « Elle n'avait que quatorze ans, mais son cœur avait été brisé par un outrage qui avait terrifié sa conscience enfantine, rempli son âme angélique d'une honte imméritée et arraché de sa poitrine un cri suprême de désespoir que les mugissements du vent avaient étouffé par une nuit de dégel, humide et ténébreuse » (p. 534).

George Sand écrit volontiers de cette manière. Mais par-delà cette couleur romantique incontestable, on se rappelle Shakespeare, et son Ophélie, qui agit réellement à la manière d'un mythe : image première, ou plutôt complexe d'images auquel il semble que renvoient tous les récits postérieurs ; récit primitif qui sert de modèle. À jamais sont liées la jeune fille désolée, l'abondance des fleurs, l'eau profonde, la mort. Le rêve de Svidrigaïlov a un incontestable caractère littéraire. De la même façon, le rêve de la mort de la jument faisait référence à un texte célèbre de Victor Hugo et à un texte, non moins connu en Russie, du poète Nikolaï Nekrassov.

« L'animal éperdu ne peut plus faire un pas ;
Il sent l'ombre sur lui peser ; il ne sait pas,
Sous le bloc qui l'écrase et le fouet qui l'assomme,
Ce que lui veut la pierre et ce que lui veut l'homme.
Et le roulier n'est plus qu'un orage de coups
Tombant sur ce forçat qui traîne les licous,
Qui souffre et ne connaît ni repos ni dimanche.
Si la corde se casse, il frappe avec le manche,
Et si le fouet se casse, il frappe avec le pié ;
Et le cheval tremblant, hagard, estropié,
Baisse son cou lugubre et sa tête égarée ;
On entend, sous les coups de la botte ferrée,
Sonner le ventre nu du pauvre être muet !
Il râle ; tout à l'heure encore il remuait ;
Mais il ne bouge plus et sa force est finie. »

V. HUGO[1].

1. « Melancholia », *in Les contemplations.*

« Sous la main cruelle de l'homme
Plus mort que vif, maigre à faire frémir,
Un cheval estropié s'échine
À tirer une charge trop lourde pour lui.
Il vacille, il s'immobilise.
" Hue ! " Le roulier prend un madrier
(Le fouet lui semble trop léger) —
Et il frappe, il frappe, il frappe.
Le cheval, tout en sueur,
Se tasse, recule à peine,
Soupire profondément
Et le regarde... (le regard des hommes
Qui subissent l'injustice).
L'autre continue : sur le dos, sur les flancs,
Puis (il s'est déplacé) sur les épaules ;
Et sur les doux yeux qui pleurent. »

N. NEKRASSOV[2].

2. « Impressions de rue », *in Le temps qu'il fait* (1859).

Il n'en va pas de même pour le dernier rêve de Svidrigaïlov, qui commence de manière insensible et le conduit d'une réalité sordide à une image qui l'est encore davantage : le visage d'une enfant se transforme en celui d'une « prostituée, d'une femme vénale. Voilà que les deux yeux s'ouvrent franchement tout grands : ils enveloppent Svidrigaïlov d'un regard lascif et brûlant » (p. 536). Il semble que la même histoire soit racontée à l'envers : belle et touchante, marmoréenne, la victime d'un crime dont l'auteur restait inconnu, dont la teneur même se devinait à peine, appartenait à une belle image. Voilà qu'elle semble devenue non seulement consentante, mais provocatrice : c'est l'auteur du viol qui se perçoit lui-même comme la victime d'une agression. Tout se perd, tout se confond.

Le rapport des deux rêves reprend, certes, celui qui s'établit entre les grandes pensées de Raskolnikov, sublimes, prométhéennes, généreusement romantiques, et la réalité sordide de son crime. Certain démon byronien, que les poètes russes ont révéré vers 1830, avait l'art de donner d'éclatantes couleurs à tous les rêves. Plus d'une fois Dostoïevski a fait apparaître le dégoût au fond de la grande ivresse satanique. Raskolnikov échappe au piège. Svidrigaïlov s'y laisse prendre, et y perd tout ; il atteint l'état de suprême indifférence. On l'a vu, dans les derniers chapitres, capable d'actes généreux, mais aussi de vilenies d'autant plus infâmes qu'elles spéculent sur la bassesse des autres et l'encouragent : là encore il s'agit d'une très jeune fille, que sa famille se réjouit de vendre. Au-delà du dégoût, c'est peut-être la pensée que tout se vaut, l'image du chaos indifférencié, qui conduit le personnage au néant. C'est l'équivalence supposée de deux scènes oniriques qui devraient relever de genres différents.

Il semble que Raskolnikov, au contraire, ait jusqu'au bout maintenu la distance entre cauchemar et mythe. Obsédé par l'image d'un meurtre, il laisse agir en lui l'image d'un retour à la vie.

On peut naturellement définir le mot « mythe » par sa relation avec l'erreur. Il faudra tout de même disposer d'un mot pour désigner les récits vénérables, fictifs ou non, que les hommes peuvent revivre, à travers une lecture ou une liturgie. C'est un récit qui sauve Raskolnikov, qui le détourne du suicide ; ce n'est pas l'idée que l'âme est immortelle et qu'une résurrection attend tout homme, c'est l'histoire racontée d'une résurrection.

Disons-le très vite : Dostoïevski est attaché à l'Évangile, aux événements qui y sont rapportés, à la figure du Christ qui y est peinte. Et c'est avec ce livre qu'il écrit le sien. Les biographes peuvent se poser des questions sur l'évolution de sa croyance, sur la réalité de sa foi. Dans son roman, il ne doute ni ne prêche : c'est à des gestes du Christ, à des paroles du Christ qu'il fait allusion ; la forme même du langage, ce slavon à la fois familier et étrange, importe au premier chef. Il ne faut pas négliger un détail qui se répète : jamais Sonia ne commente le texte ; elle le lit ; elle donne à Raskolnikov un évangile, celui d'Élisabeth ; mais elle le donne en silence. Toute amplification rhétorique est inutile. La lettre du livre suffit, parce qu'elle ne se distingue pas de l'esprit.

Pierre Pascal fait observer[1] que l'Église orthodoxe officielle n'apparaît pas sous un jour bien sympathique dans *Crime et châtiment.* Plus tard, lorsque Dostoïevski mettra en scène, dans *Les frères Karamazov*, de belles figures de moines, les religieux, ceux de la réalité ambiante, auront du mal à s'y reconnaître. Quels qu'aient été les sentiments personnels de Dostoïevski, peut-être faut-il dire qu'il a toujours fait des romans assez peu conformes à ce que pouvait attendre l'institution. Il est certain, en tout cas, que, dans *Crime et châtiment,* il n'a pas craint de provoquer le scandale, et que, selon toute vraisemblance, il approuvait Marmeladov de se réjouir parce que le Christ avait traité sans excessive aménité les « sages » et les « intelligents ». Il peut arriver que des gens d'Église fassent partie de ces catégories-là.

1. Voir Dossier, p. 180.

L'INTERPRÉTATION INFINIE

Le crime de Raskolnikov était aussi un geste, un moyen d'échapper à l'infernale dérobade du sens dans le discours. L'exégète est tenté d'imiter la violence arbitraire du malheureux surhomme et de mettre un terme, par un coup de force, à la prolifération contradictoire des commentaires. Chestov insistait sur l'impossibilité de faire taire certaines voix qui raillent les illusions romantiques ; il ne croyait pas à un salut de Raskolnikov[1]. Plus précisément, et de manière plus intéressante, il estimait que la conclusion du roman, qui semble remettre les choses en ordre, ne refermait pas le gouffre pleins d'angoisses et de questions qu'avait ouvert pour Dostoïevski le face à face avec la mort. Bakhtine, dans une perspective très différente, esthétique plus que métaphysique, soutient qu'il n'y a pas de vrai dénouement dans les romans de Dostoïevski. Mais d'autres, toujours soucieux de trouver une conclusion, l'ont cherchée dans une « religion de la souffrance humaine », dans un sentiment tragique de la vie, ou dans une polémique contre certaines théories alors à la mode en Russie. Le coup de force se répète, qui doit mettre en ordre cette perpétuelle remise en question.

1. Voir Dossier, p. 154.

Parmi les techniques qui devraient permettre cette salutaire simplification, figure la recherche du personnage typique. On voudrait que Marmeladov serve à traiter la question de l'ivrognerie, que Raskolnikov représente toute sa génération, que Sonia soit l'image de la prostituée. On le voudrait. Dostoïevski lui-même le voulait, comme l'indiquent certaines de ses lettres. Il a pourtant, en écrivant, toujours résisté.

On continue à s'interroger sur Sonia. Présentée dès l'abord comme une figure venue de l'Évangile, Sonia se révèle croyante et pieuse. Le métier qu'elle fait, contrainte et forcée, lui inspire le sentiment de sa propre indignité ; sa piété prend la forme d'une entière confiance en la bonté de Dieu. Paradoxalement peut-être, c'est le discours fou de Marmeladov qui a préparé cette bizarrerie : il va de soi que les « sages » et les « intelligents » trouveront inadmissible la coexistence dans le même personnage du métier de prostituée et de l'entière confiance en Dieu.

L'écrivain est extrêmement évasif sur ce que fait Sonia quand elle n'apparaît pas sur la scène du roman. Il est fort probable qu'elle reçoit des clients. Mais le texte ne le dit pas en propres termes. Il laisse aux « sages » et aux « intelligents » le double soin de veiller à la vraisemblance et à la bienséance. La bienséance ici consisterait à exiger que Sonia, puisqu'elle déteste son état de péché, s'en retire et fasse preuve de « ferme propos », comme on dit dans les manuels de piété. La vraisemblance consisterait à supposer que Dostoïevski a voulu peindre en Sonia une prostituée typique ; les « sages » et les « intelligents » se croient en devoir de ricaner devant une telle prétention qu'ils ont inventée eux-mêmes, et se gardent bien de lire le monologue où Raskolnikov se dit que la jeune fille ne supportera pas longtemps de faire ce métier. « Il comprenait que la situation de Sonia était un phénomène social exceptionnel, quoique malheureusement ni unique, ni extraordinaire » (p. 341-342)[1].

Une chose reste sûre : Sonia prononce un certain nombre de paroles à travers lesquelles s'exprime la vérité du christianisme,

1. « Fortuit » serait plus exact qu'« exceptionnel ». Que devient la prétention du romancier à faire apparaître les lois de la réalité ?

tel que le vit le peuple russe, au moins dans la pensée de Dostoïevski. Il faut se reporter aux *Souvenirs de la maison des morts* pour comprendre comment l'écrivain pouvait s'être formé de la compassion du peuple russe l'idée qu'il en avait. On sera alors peut-être moins porté à le traiter de rêveur. Relire par exemple la page où sont opposés les gens du beau monde et le peuple, qui est au fond de l'église. « Là-bas, dans l'entrée, me semblait-il alors, on priait autrement que parmi nous, on priait humblement, avec zèle, en se jetant à terre, dans la pleine conscience de son abjection[1]. »

On croirait que ces derniers mots font allusion à l'abject Marmeladov. On lit, plus bas : « Nous communions à la première messe. Quand le prêtre, tenant le calice, prononçait les paroles : " mais, comme le larron, reçois-moi ", presque tous tombaient à terre dans un bruit sonore de chaînes, et chacun prenait, je crois, ces paroles à la lettre, comme se rapportant à lui[2]. »

C'est du bagne qu'il est ici question, et le « nous » désigne les condamnés, prompts à s'identifier au larron de l'Évangile, et à prononcer pour leur propre compte les paroles qu'il adresse au Christ crucifié comme lui et que la liturgie orthodoxe a reprises : « Seigneur, souviens-toi de moi quand tu seras dans ton royaume. »

Il faut prendre garde à cette présence de la liturgie.

L'essentiel des idées de Sonia, comme l'ont montré nombre de critiques, tient dans le sens de la communauté : les criminels

1. *Souvenirs de la maison des morts*, IIe partie, chapitre V, traduction de Pierre Pascal (*Récits de la maison des morts*, G/F, p. 334).

2. *Ibid.*

sont des malheureux, qui se sont coupés du reste des hommes, qui se sont d'abord, ainsi, fait mal à eux-mêmes. La confession publique, à laquelle elle ne cesse de pousser Raskolnikov dès qu'elle a compris son secret, est justement le seul moyen d'en finir avec la solitude infernale que suppose ce secret. Le péché est alors perçu non comme un manquement qu'il faut condamner, mais comme un malheur qui mérite compassion : seul le pécheur, parce qu'il s'endurcit dans son refus, peut avoir des réactions d'agressivité.

On se prend à penser que, quoi qu'en disent les sages et les intelligents, la vie même de Sonia n'est pas en complet désaccord avec sa parole. Elle fait dans son corps l'expérience du péché ; et la misère lui a appris à ne rien récuser. Eugène-Melchior de Vogüé, qui a, par ses articles de la *Revue des Deux Mondes*, repris dans *Le roman russe*, aidé ses compatriotes à mieux comprendre, dès la publication des premières traductions, Tolstoï et Dostoïevski, Vogüé, dont on a par la suite beaucoup raillé les commentaires supposés trop superficiels, écrit à propos de Sonia ces lignes étonnantes et probablement incontestables : « Sonia, une humble créature vendue par la faim, est presque inconsciente de sa flétrissure, elle la subit comme une maladie inévitable. Dirai-je la pensée intime de l'auteur, au risque d'éveiller l'incrédulité pour ces exagérations du mysticisme ? Sonia porte son ignominie comme une croix, avec résignation et piété[1]. »

1. Voir Dossier, p. 149.

Les contemporains, en France comme en Russie, n'étaient pas tous disposés à l'entendre de cette oreille. Plus d'un critique s'est étonné que le personnage ait pu concilier pareille pureté d'âme avec un métier aussi horrible. On se trouvait, avec les naturalistes, dans un monde plus vraisemblable, puisque plus sordide. Les auteurs de la première adaptation théâtrale jamais jouée au monde — elle le fut à Paris en 1888 ; il faut dire qu'en Russie même la censure avait découragé tout projet de ce genre — avaient sérieusement gommé les choses, et remplacé par une scène d'amour comme ils savaient en écrire le trop difficile chapitre qu'avait écrit Dostoïevski[1]. Tout au plus avaient-ils conservé la prosternation de Raskolnikov, parce qu'elle était trop illustre : les journalistes y avaient vu l'expression du « socialisme évangélique » censé constituer la doctrine de l'écrivain.

1. Voir Dossier, p. 152.

À la fin du XIXe siècle, en Russie, sont apparues des lectures d'un immense intérêt qui se fondent en partie sur le nom même de Sonia pour donner à l'épisode et à l'ensemble du roman un sens gnostique. Il est assez improbable que Dostoïevski ait eu pareille idée en tête au moment où il écrivait ; il est certain pourtant que cette interprétation rend compte de nombre d'éléments.

La pensée gnostique, bien représentée en Orient dans les premiers siècles de notre ère, a intéressé plus d'un esprit dans l'Europe romantique et post-romantique. Son principe de base suppose que le monde où nous vivons a été créé par un dieu mauvais, qui, venu du monde de lumière, s'en serait détourné et l'aurait oublié. La gnose — le mot veut dire « Connaissance » — est inséparable de mythes, c'est-à-dire de récits ; au récit de la création s'en joint un autre : la Sagesse divine a chu dans ce monde mauvais, où elle est prisonnière ; elle aspire à retourner dans le vrai monde, où elle serait suivie par ceux qui ont en eux une étincelle de la lumière primitive. Les gnoses — il existe mille manières de broder sur ce canevas — sont généralement pessimistes ; l'issue qu'elles offrent se présente comme un refus de l'ici-bas, comme une fuite hors de ce monde.

Sonia est le diminutif de *Sophia*, qui signifie « sagesse ». Dans certaines gnoses — par exemple celle de Simon le magicien — la Sagesse ou Sophia divine erre sur la terre ; elle est arrivée à l'extrême de l'abjection : c'est sous les traits d'une prostituée que le prophète l'a retrouvée.

Comparer la Sonia de *Crime et châtiment* au personnage gnostique de la Sagesse déchue, c'est se donner la possibilité de construire un mythe avec un espace symbolique dans lequel prennent valeur les grands épisodes du roman. Déchue, souillée, la Sagesse vient d'un autre monde, d'un monde plein, d'un monde de lumière, où elle aspire à revenir. Le détour interprétatif permet de mieux saisir de quelle nature est l'autre monde dont parle Dostoïevski : il s'agit de ce qu'il appelle partout le « peuple russe », qui sera d'autant plus idéalisé qu'il fait l'objet d'une nostalgie presque inexplicable. L'écrivain connaît sans doute la réalité, les maux dont souffre ce peuple ; il y pense en homme pratique, en journaliste.

Mais, nous l'avons vu, les personnages de *Crime et châtiment* sont trop singuliers, trop concrets pour que leur exemple puisse servir à appuyer efficacement une réflexion sociologique. Ils relèvent aussi d'un mythe, avec tout ce qu'a de concret ce type de représentation. Penser au mythe gnostique à propos de Dostoïevski, comme l'ont fait nombre de penseurs et de poètes russes à l'époque du symbolisme, c'est se donner les moyens d'éviter deux types d'abstractions : celle qui consisterait à réduire le roman à l'exposé de problèmes sociaux ; et celle qui supposerait que tout se ramène à des valeurs morales désincarnées. Or la perfection est incarnée ; elle est incarnée dans le peuple russe ; et, par ailleurs, si l'on peut dire que l'image du peuple russe est rêvée, c'est parce que le rêve suppose vision, images sensibles. Dostoïevski idéalise sans doute le peuple russe ; mais il l'idéalise sous forme de figures et d'anecdotes, plus vivantes et plus frappantes que de simples qualificatifs.

On accordera donc une grande importance à cette scène, extrêmement rapide, où l'on voit une vieille marchande glisser une pièce de vingt kopecks dans la main de Raskolnikov. « Prends cela, mon ami, au nom du Christ » (p. 122).

La scène renvoie à plusieurs passages des *Souvenirs de la maison des morts* ; elle prend un sens tragique lorsque l'on voit Raskolnikov, quelques instants après, jeter la pièce dans le fleuve. « Il lui semblait, à cet instant, avoir tranché lui-même, aussi sûrement qu'avec des ciseaux, le lien qui le retenait à l'humanité, à la vie en général » (p. 124).

La traduction est ici extrêmement désinvolte. Littéralement, on lit : « Il lui sembla que comme avec des ciseaux il s'était coupé lui-même à ce moment de tous et de tout. » La traductrice s'est laissé facilement égarer, qu'elle en ait été ou non consciente, par une vue abstraite de l'humanité ; elle n'a pas vu malice à cette expression « en général » qui venait sous sa plume. Mais « tous » ceux dont Raskolnikov s'est coupé ont un vrai visage ; et le « tout » auquel il renonce est — qu'on relise la page précédente — un des plus beaux paysages de Pétersbourg.

S'il peut être parlé d'un « réalisme mystique » à propos de Dostoïevski, il importe de ne jamais supposer que cette expression pourrait signifier la disparition de ce qui reste sensible, au moins à l'imagination. C'est pourquoi, soit dit entre parenthèses, il n'est exigé d'aucun lecteur une adhésion intellectuelle aux dogmes de quelque religion que ce soit pour que lui soit donnée la perception de ce qui se joue dans les romans.

LE ROMAN-TRAGÉDIE

L'expression est heureuse. Merejkovski, l'un des maîtres à penser du symbolisme russe, l'a brillamment glosée, ouvrant ainsi une voie. Certains ont cru qu'il suffisait de montrer que, dans *Crime et châtiment*,

Dostoïevski avait respecté les trois unités que les doctes du classicisme français avaient cru pouvoir lire dans Aristote. Il y a sans doute mieux à faire.

On pourrait, pour terminer cet essai consacré à jeter le doute, comme l'avait fait Dostoïevski lui-même, sur les constructions d'apparence trop harmonieuse, examiner rapidement ce terme de « tragédie », et demander comment il se fait que, lorsqu'on évoque un modèle dans ce genre littéraire, on cite d'abord Eschyle et Sophocle. *Crime et châtiment* devrait être comparé, dit-on, à l'*Orestie*, à *Œdipe roi*. Or il est visible que l'une et l'autre de ces œuvres s'imposent par la clarté de leur conclusion. Le dénouement de la première repose sur une négociation, qui permet de détendre, par un contrat appuyé sur une sentence formelle, une situation conflictuelle assez dangereuse entre divinités de différentes origines. Le dénouement de la seconde revient à reconnaître que les oracles ont toujours raison et que le destin fait bien ce qu'il fait.

On observe que les détracteurs de *Crime et châtiment* — Nabokov, par exemple[1] — reprochent justement à ce livre d'avoir trop bien lié une thèse intenable. Ils cherchent la conclusion, la trouvent, et s'en gaussent.

1. Voir Dossier, p. 182.

Serait-il possible de soutenir que, dans ce livre, il n'est pas de conclusion qui ne soit arrachée par un coup de force, une décision arbitraire qui nie la multiplicité du sens et le poudroiement de la réalité ? On dirait que s'y trouve, avec la « résurrection » finale du héros, un dénouement artificiel qui rappelle ceux qu'organise le *deus ex machina.* Il n'est alors pas mauvais de se rappeler que ce procédé, souvent décrié, se rencontre uniquement chez le troisième des grands tragiques grecs, chez Euripide, et ce, parce que les situations auxquelles aboutissent ses tragédies sont souvent inextricables : aucune leçon claire ne s'en dégage, et la morale semble vaciller. Un dieu arrive alors, et règle les choses par son autorité.

Le monde religieux dans lequel évolue Dostoïevski est sans doute très différent de celui que hante Euripide. Mais l'écrivain russe s'y entend à poser, sur la réalité de la justice et sur la cohérence de l'individu, des questions qui trouvent leur écho dans *Médée* ou dans *Oreste.* Il fait preuve, pour son propre compte, d'un fidéisme qui peut évoquer la mystérieuse volte-face du poète grec dans *Les bacchantes.* La tragédie n'est plus la grandiose célébration de l'inévitable malheur, mais la représentation de scènes pathétiques dont l'explication, vouée à se perpétuer sans limite, apparaît comme infiniment fragile.

Des questions se pressent : Raskolnikov est-il fou ? Comment Sonia peut-elle vivre ? Quelle vérité dit Marmeladov ? On croirait être sur un terrain plus solide quand il est question des personnages secondaires. On croirait pouvoir faire le départ entre les sots et les subtils, entre les bons et les méchants. Le jeu des sympathies brouille pourtant beaucoup de choses, non moins que le jeu des reflets.

N'y a-t-il pas aussi du Loujine dans le Raskolnikov qui envisage de faire carrière ? Et quelle étrange complicité Svidrigaïlov n'entretient-il pas, et avec le jeune homme, et avec sa vertueuse sœur !

Crime et châtiment est peut-être un des premiers livres dans l'histoire de la littérature où semblent se perdre dans le flou les lignes qui traçaient le caractère des personnages classiques. Et le lecteur s'est parfois dit qu'il avait affaire à des fous.

À la même époque, et presque la même année, *Thérèse Raquin* raconte la même histoire, à peu de chose près ; il y a crime, et parfait ; il y a châtiment, parce que les criminels sont incapables de supporter l'idée de leur crime. On pourrait le montrer : l'idée qu'expose la lettre à Katkov traîne partout, dans cette Europe des années 1860. Zola la traite avec une clarté indéfectible. On prend les choses à leur début ; on décrit toutes les motivations des héros — elles ne sont pas très complexes ; on porte les jugements qui s'imposent : le meurtrier est un paresseux, et sa complice souffre d'un tempérament excessivement voluptueux. Au passage, le jour même du meurtre, on met en scène, dans la guinguette, des filles de joie qui retrouvent, le temps d'une chanson, la pureté de leur enfance. Tout est net.

Dostoïevski joue avec la même donnée : un crime parfait, que l'assassin ne peut pas supporter jusqu'au bout. Autour de cette donnée, il amasse de l'imprécis ; les détails se multiplient ; une passion de sincérité poussée jusqu'à la névrose amène à envisager, dès qu'une chose a été dite, que son contraire soit vrai ; les mots pullulent et le chaos menace. Et Sonia apparaît d'autant plus tendue, d'autant plus véhémente, Sagesse souillée, avec ses silences, que le sol se dérobe et que Pétersbourg multiplie les mirages.

DOSSIER

I. REPÈRES BIOGRAPHIQUES

1821	Naissance de Dostoïevski, à Moscou.
1837-1843	Études à Saint-Pétersbourg (école du Génie).
1839	Le père de Dostoïevski est assassiné par ses serfs.
1843	Dostoïevski renonce à la carrière militaire.
1845	*Les pauvres gens. Le double.*
1849	Dostoïevski qui, depuis deux ans, fréquente le cercle de Pétrachevski, où l'on parle un peu trop librement de tout, est arrêté et condamné à mort pour « non-dénonciation de faits nuisibles aux intérêts de la religion, du gouvernement et de l'armée ». La sentence est commuée en peine de travaux forcés sur le lieu de l'exécution.
1850-1854	Dostoïevski au bagne.
1854	Sortie du bagne. Dostoïevski reste en Sibérie à titre de simple soldat.
1859	Libéré du service, Dostoïevski est autorisé à résider à Pétersbourg.
1860	Création de la revue *Le Temps.* Publication de *Souvenirs de la maison des morts* (ou *Récits de la maison des morts*).
1863	Interdiction du *Temps.*
1864	Création de *L'Époque.* Publication du *Sous-sol* (ou *Mémoires écrits dans un souterrain*).
1865	Faillite de *L'Époque.* Dostoïevski part pour l'Allemagne, joue à la roulette et perd. Projet de *Crime et châtiment.* Lettre à Katkov (septembre). Travail sur le roman. Retour en Russie (mi-octobre).
1866	*Le Messager russe* publie *Crime et châtiment,* dans huit de ses numéros, de janvier à décembre.

	Dostoïevski écrit le roman au fur et à mesure. En octobre, pour honorer un contrat féroce, il écrit, en plus, *Le joueur*, dans des conditions acrobatiques.
1867-1871	Séjour en Occident, et particulièrement en Allemagne, où l'écrivain se ruine à la roulette.
1868	Publication de *L'Idiot* dans *Le Messager russe*.
1870	Publication de *L'éternel mari*.
1871	Publication, dans *Le Messager russe*, du roman *Les démons* (ou *Les possédés*). Retour à Pétersbourg (juillet).
1873	Début du *Journal d'un écrivain*.
1875	Publication de *L'Adolescent*.
1879-1880	Publication des *Frères Karamazov* dans *Le Messager russe*.
1881	Mort de Dostoïevski.

II. *CRIME ET CHÂTIMENT* DANS LA CORRESPONDANCE DE DOSTOÏEVSKI

À A. Kraïevski (8 juin 1865)[1]

[...] Je demande 3 000 roubles dès maintenant, comme avance, pour un roman que je m'engage *formellement* à remettre à la rédaction des *Annales de la patrie* pas plus tard que le début du mois d'octobre de la présente année. [...] Mon roman s'appelle « Les poivrots » et sera en relation avec la question, très actuelle, de l'alcoolisme. Je ne me contenterai pas d'y examiner la question, je montrerai aussi toutes ses incidences, particulièrement sur la vie des familles, l'éducation des enfants, etc. — Il ne fera pas moins de vingt feuilles d'imprimerie[2], et peut-être davantage. [...]

Dostoïevski, *Correspondance générale*, 4 volumes, Calmann-Lévy, t. I 1949, t. II 1959, t. III 1960, t. IV 1961.

La traduction de ces lettres a été refondue par Jean-Louis Backès pour la présente édition d'après l'édition russe : *Œuvres complètes, Polnoe sobranic sočinenij*, Leningrad, 1972-1986.

À A. Vrangel (10 septembre 1865)[3]

[...] Je comptais sur ma nouvelle[4], à laquelle je travaille nuit et jour. Mais elle a pris de l'ampleur : six feuilles d'imprimerie au lieu de trois, et le travail n'est pas encore fini. [...]

1. Kraïevski avait été rédacteur en chef des *Annales de la patrie*.
2. À titre indicatif, le texte complet de *Crime et châtiment* occupe trente-sept feuilles d'imprimerie.
3. Vieil ami de Dostoïevski, Vrangel a connu et aidé l'écrivain en Sibérie, à la sortie du bagne.
4. Le mot russe désigne un texte assez long, presque un petit roman. Dostoïevski s'en est servi pour caractériser *Le sous-sol*.

À M. Katkov (10-15 septembre 1865)[1]

Puis-je espérer insérer ma nouvelle dans votre revue *Le Messager russe* ?

J'y travaille ici, à Wiesbaden, depuis déjà deux mois et suis en train de l'achever. Elle occupera de cinq à six feuilles d'imprimerie. Il me faut encore deux semaines de travail, peut-être davantage. En tout cas je puis assurer que dans un mois, et pas plus tard, elle pourra être remise à la rédaction du *Messager russe.*

L'idée de cette nouvelle, pour autant que je puisse en juger, n'est pas en contradiction avec la doctrine de votre revue ; au contraire. C'est le compte rendu psychologique d'un crime.

L'action se déroule de nos jours, cette année même. Un jeune homme, exclu de l'Université, roturier d'origine, vivant dans une extrême misère, s'étant, par légèreté, par instabilité de la pensée, laissé prendre à certaines idées étranges, « imparfaites », qui flottent dans l'air, a décidé de sortir d'un seul coup de sa déplorable situation. Il a décidé de tuer une vieille prêteuse sur gages, veuve d'un conseiller titulaire. La vieille est bête, sourde, malade, avide ; elle exige des intérêts scandaleux ; elle est méchante, elle fait la vie impossible aux gens, elle réduit en esclavage sa sœur cadette. « Elle ne sert à rien », « Pourquoi vit-elle ? », « Est-elle utile à quelqu'un ? », etc. Ces questions font perdre la tête au jeune homme. Il décide de la tuer, de la dévaliser, pour faire le bonheur de sa mère qui vit en province, pour protéger sa sœur, qui est dame de compagnie dans une famille noble, contre les entreprises indécentes du chef de cette famille, qui la mèneraient à sa perte,

1. On n'a conservé que le brouillon de cette lettre, qui se trouve dans un des carnets de *Crime et châtiment.* Rappelons que Katkov était le directeur de la revue *Le Messager russe.*

pour finir ses études, partir à l'étranger et vivre ensuite toute sa vie comme un homme honnête, ferme, inébranlable dans l'accomplissement de « sa dette envers l'humanité », ce qui, naturellement, « effacera le crime », si on peut appeler crime cet acte dont la victime est une vieille sourde, bête, méchante et malade, qui ne sait pas elle-même pourquoi elle est au monde, et qui serait peut-être morte toute seule un mois plus tard.

Bien que des crimes pareils soient très difficiles à réaliser — presque toujours ils laissent des traces, des indices grossiers, etc. et font la plus grande part au hasard, qui presque toujours révèle les coupables —, mon personnage réussit, de manière tout à fait fortuite, à achever son entreprise rapidement et avec succès.

Il vit presque tout un mois jusqu'à la catastrophe finale. Il n'existe, il ne peut exister aucun soupçon contre lui. C'est alors que se déroule tout le processus psychologique du drame. Des questions insolubles se posent au meurtrier, des sentiments insoupçonnés, inattendus, tourmentent son cœur. La justice divine, la loi terrestre entrent en jeu et finalement, il est obligé de se dénoncer lui-même. Il est obligé parce que, dût-il périr au bagne, il lui faut retrouver le contact avec les hommes ; le sentiment d'être isolé, séparé des gens, sentiment qu'il a éprouvé dès l'accomplissement du crime, lui a fait toucher le fond de la douleur. La loi de justice, la nature humaine ont agi, une conviction intime, irrésistible. Le criminel décide lui-même de prendre sur lui la souffrance, pour racheter son acte. Mais il ne m'est pas facile d'expliquer complètement ma pensée. [...]

Il se trouve par ailleurs dans ma nouvelle une allusion à une autre pensée : le châtiment légal qui lui est infligé effraie bien moins le criminel que ne le pensent les législateurs, en partie parce qu'il le demande de lui-même, moralement.

C'est ce que j'ai remarqué chez les gens les moins cultivés, dans le milieu le plus grossier. C'est ce que j'ai voulu montrer sur un homme évolué, sur un homme de la nouvelle génération, pour que l'idée soit plus claire et plus facile à saisir. Plusieurs faits qui se sont produits ces derniers temps m'ont persuadé que mon *sujet* n'est pas du tout extravagant. Justement : le meurtrier peut être un homme évolué, et naturellement bon. On m'a parlé l'an dernier à Moscou d'un étudiant qui, exclu de l'Université à la suite d'une histoire, avait décidé de dévaliser la poste et de tuer le postier. (Et ce séminariste qui avait tué une jeune fille dans un hangar où il avait rendez-vous avec elle et que l'on arrêta une heure après pendant qu'il était en train de déjeuner, etc.)[1]. En un mot, je suis sûr que mon sujet est en partie justifié par l'actualité.

Il va de soi que dans cette présentation de l'idée de ma nouvelle, j'ai négligé d'exposer tout le sujet. Je garantis l'intérêt romanesque ; pour la perfection artistique, je n'ose me prononcer. Il m'est arrivé trop souvent d'écrire des choses très très mauvaises, parce que j'allais trop vite, que j'avais un délai à respecter, etc. Mais, cette fois, j'ai écrit sans précipitation et avec feu. J'essaierai, ne serait-ce que pour moi, de terminer aussi bien que possible. [...]

À A. Vrangel (8 novembre 1865)

[...] J'ai en tête le projet d'une publication périodique, qui ne sera pas une revue. Projet utile et avantageux. Peut-être pourrai-je le réaliser l'année prochaine. Mais en attendant il faut finir mon roman. Je travaille de toutes mes forces, bien que les docteurs me l'aient interdit, à cause des crises. [...]

1. On ne possède pas de précisions sur ces faits, sans doute authentiques. Mais on en connaît d'autres, analogues.

À I. Ianychev (22 novembre 1865)[1]

[...] Je me suis mis à travailler dans la hâte, avec acharnement. Les crises sont apparues, l'une après l'autre. Quatre crises en un mois et demi ; je souffre encore aujourd'hui. Mais ce n'est rien, parce que j'ai tout de même travaillé ; mais mon travail m'a conduit à tout recommencer du début — et je m'y suis décidé (il faut que ce soit bien, sinon je compromets toute la suite). [...]

À. M. Katkov (décembre 1865)[2]

Ayant reçu, en réponse à la lettre que je vous ai adressée de l'étranger, une somme de 300 roubles, au mois d'octobre, je me suis cru en droit d'estimer que l'affaire de la publication de mon roman dans *Le Messager russe* était parfaitement réglée. En conséquence je me suis remis avec ardeur à mon travail. [...]

À A. Vrangel (18 février 1866)

[...] Primo, je travaille comme un forçat. Il s'agit de ce roman pour *Le Messager russe*. Un grand roman en six parties. À la fin de novembre j'en avais écrit un grand morceau, qui était tout prêt ; j'ai tout brûlé ; maintenant je peux l'avouer. Cela ne me plaisait pas. J'ai été séduit par une nouvelle forme, par un nouveau plan, et j'ai recommencé du début. Je travaille jour et nuit, et pourtant je travaille peu. Je compte qu'il faut, chaque mois, fournir jusqu'à six feuilles d'imprimerie au *Messager russe*.

1. Ianychev était un ecclésiastique russe dont Dostoïevski avait fait la connaissance à Wiesbaden, pendant l'été 1865.

2. Là encore, seul le brouillon a été conservé ; il n'est pas facile de dater la lettre avec précision. La suite du texte est une demande de nouveaux subsides.

C'est terrible ; mais je les fournirais, si j'avais l'esprit libre. Le roman est affaire de poésie, qui demande pour sa réalisation la tranquillité de l'esprit et de l'imagination. Mais les créanciers me torturent, c'est-à-dire menacent de me mettre en prison. [...]

Il y a deux semaines la première partie de mon roman a paru dans le numéro de janvier[1] du *Messager russe.* Il s'appelle *Crime et châtiment.* J'ai déjà entendu parler de beaucoup de réactions enthousiastes. Il y a là-dedans des choses audacieuses et nouvelles. Quel dommage que je ne puisse pas vous l'envoyer ![...]

À. M. Katkov (25 avril 1866)

[...] Il y a une semaine, j'ai adressé trois chapitres à la rédaction du *Messager russe.* Je vais tâcher de ne pas prendre de retard pour la suite. [...]

À I. Ianychev (29 avril 1866)

[...] Je travaille maintenant pour *Le Messager russe*, j'y publie un roman. Il me reste vingt feuilles d'imprimerie à écrire. [...] Il faut noter que mon roman a très bien marché et que ma cote d'écrivain a beaucoup monté. Tout mon avenir dépend de ceci : il faut que la fin soit bien. [...]

À N. Lioubimov (8 juillet 1866)[2]

J'ai un jour de retard, cher Nicolas Alexeïevitch, mais j'ai tout refait et je crois que maintenant cela sera *satisfaisant.* Le bon et le mauvais sont parfaitement distingués, et on ne pourra plus les

1. La ponctualité n'était pas la qualité première de la revue.

2. Lioubimov était corédacteur, avec M. Katkov, du *Messager russe.*

confondre et interpréter de travers. De même pour les autres corrections que vous aviez souhaitées ; j'ai tout fait, et avec ardeur, me semble-t-il. Et même je vous remercie de m'avoir donné l'occasion de revoir encore une fois mon manuscrit avant l'impression ; je vous assure que moi-même je ne l'aurais pas laissé tel quel.

Mais maintenant je vous prie instamment, au nom du Christ, de laisser tout le reste tel qu'il est. J'ai fait tout ce que vous aviez dit ; tout est clair, avec des distinctions bien tranchées. La lecture de l'Évangile a pris une autre nuance. En un mot, permettez-moi de compter sur vous : veillez sur mon pauvre texte, excellent Nicolas Alexeïevitch.

Je vous enverrai le quatrième chapitre dans un délai très bref. Pas avant mercredi toutefois. Peut-être mardi. Je vais essayer de ne pas perdre de temps.

À A. Milioukov (10-15 juillet 1866)[1]

[...] Mais Lioubimov avait encore (je m'en suis aperçu plus tard) une autre idée, très perfide : un des quatre chapitres que j'avais remis *ne pouvait pas être publié ;* décision de lui, Lioubimov, entérinée par Katkov. J'ai essayé de discuter ; rien à faire ! Je ne peux rien dire moi-même de ce chapitre ; je l'ai écrit dans un état de véritable enthousiasme ; il est peut-être mauvais ; mais ils ne s'occupent pas de la qualité littéraire ; ils ont peur pour la *moralité*. Sur ce point j'ai raison : il n'y avait rien là-dedans contre la moralité ; *tout au contraire*. Mais ils voient autre chose et de plus ils voient des traces de *nihilisme*. Lioubimov déclara *résolument*

1. Milioukov était un très ancien ami de Dostoïevski, qui l'avait rencontré dans les milieux socialistes bien avant le bagne.

qu'il fallait tout refaire. Je m'y suis mis, mais cette transformation d'un long chapitre m'a demandé plus de travail que la rédaction de trois nouveaux chapitres, si j'en juge par la peine et la tristesse que j'ai éprouvées. Enfin, c'est fait, et remis. Mais ce n'est pas tout : je n'ai pas revu Lioubimov et je ne sais pas s'ils sont satisfaits des changements apportés ou s'ils vont tout transformer *eux-mêmes*. La chose s'est déjà produite avec un de ces quatre chapitres : Lioubomov m'a déclaré qu'il avait fait des coupures importantes (en fait je ne me défends pas trop, car ils ont supprimé un passage assez inutile)[1].

Je ne sais pas ce qui va se passer, mais je commence à m'inquiéter de voir apparaître, à mesure qu'avance le roman, cette divergence de vues avec la rédaction. [...]

Le chapitre 9 de la seconde partie, où l'on raconte la visite de Raskolnikov à Sonia, cette malheureuse femme qui assure par son triste métier la subsistance d'une famille, et la lecture de l'Évangile, éveilla quelques doutes dans la rédaction, et M. N. Katkov renonça à publier le chapitre sous la forme qu'il avait dans le manuscrit. Fedor Mikhaïlovitch [...] accepta d'apporter des changements [...]. On voit par cette lettre qu'il avait du mal à renoncer à l'idéalisation outrée de Sonia, dont il faisait une femme capable de pousser l'abnégation jusqu'à un sacrifice aussi horrible. Fedor Mikhaïlovitch abrégea considérablement le dialogue autour de la lecture de l'Évangile[2].

1. Le manuscrit étant perdu, on ne sait pas avec précision à quoi se rapportent ces remarques.

2. Ce texte, anonyme, accompagnait la première publication, dans *Le Messager russe*, en 1889, de la lettre à Milioukov citée plus haut.

À M. Katkov (19 juillet 1866)

[...] Pour ce qui est des corrections et des coupures que vous avez faites, certaines — je m'en aperçois maintenant — sont naturellement indispensables, mais il y a d'autres coupures que je regrette (vers la fin). Mais faites comme vous voulez. J'ai une entière confiance en vous ; vous êtes bon juge en matière littéraire. Et moi j'ai un curieux trait de caractère : quand j'ai écrit quelque chose, je perds absolument tout sens critique devant ce que j'ai écrit, au moins pour un certain temps. [...]

À N. Lioubimov (3 novembre 1866)

[...] Ne pourrait-on faire comme ceci : mettre dans le numéro d'octobre une note pour dire au public que la fin de *Crime et châtiment* sera publiée cette année, et donner cette fin dans les numéros de novembre et de décembre ? Je vous le demande *simplement* parce que l'effet du roman sur le public sera plus fort et plus complet ; beaucoup plus ; pardonnez-moi cette vanité d'auteur et ne vous moquez pas de moi ; c'est une chose tout à fait excusable. Peut-être n'y aura-t-il aucun effet, mais pour moi, qui suis à ma table de travail, il est excusable (et même indispensable) que je compte sur un succès. Sans cela, à mon avis, un auteur ne doit pas même prendre la plume. Bref, j'aimerais finir mon roman en renouvelant l'impression produite, en faisant qu'on en parle autant qu'au début. [...]

À N. Lioubimov (9 décembre 1866)

[...] Je vais faire mon possible pour vous envoyer au plus vite le sixième chapitre[1], qui constitue la

1. Le chapitre VI de la VIe partie, c'est-à-dire le suicide de Svidrigaïlov.

conclusion d'un ensemble et est presque indispensable aux cinq premiers chapitres.

Le reste (la fin du roman), je vous l'enverrai pour le numéro de décembre, au fur et à mesure de l'achèvement. Je fais vite, mais je ne veux pas tout gâcher (je tiens compte de mes forces). À mon grand étonnement, ces derniers chapitres ne seront pas importants (trois à quatre feuilles d'imprimerie) et le roman se terminera là. J'avais supposé, et même calculé, que j'en écrirais davantage. Mais il me semble indispensable de conduire le récit rapidement, pour ne pas nuire à l'effet conclusif par des longueurs. Si Dieu me donne la santé, je tiendrai mes promesses de l'autre fois (à supposer que le numéro de décembre sorte à la mi-janvier, comme les années précédentes). [...]

À Apollinaria Souslova (23 avril-5 mai 1867)[1]

Depuis la mort de mon frère, qui était *tout* pour moi, je n'avais plus de goût à vivre. Je croyais trouver un cœur en accord avec le mien ; je ne l'ai pas trouvé. Alors je me suis jeté dans le travail et j'ai commencé à écrire un roman. Katkov me payait plus cher que les autres, j'ai fait affaire avec Katkov. Trente-sept feuilles pour ce roman et dix feuilles pour celui de Stellovski[2], c'était au-dessus de mes forces. J'ai pourtant achevé les deux tâches. Mon épilepsie a pris des proportions invraisemblables, mais je me suis distrait et, de plus, j'ai évité la prison. Mon roman m'a rapporté (avec la seconde édition) 14 000 roubles ; avec ça j'ai vécu, et, en plus, j'ai remboursé 12 000 roubles sur les 15 000 que je devais. Je n'ai plus que 3 000 roubles de dettes. [...]

1. Apollinaria Souslova avait été la maîtresse de Dostoïevski en 1865. Écrite en Allemagne, la lettre porte une double date : selon le calendrier occidental et selon le calendrier russe.

2. *Le joueur.*

À sa femme (23 mars-4 avril 1867)

[...] C'est exactement de la même façon qu'à Wiesbaden, après avoir perdu au jeu, j'ai imaginé *Crime et châtiment* et pensé à faire affaire avec Katkov. Le destin ? Dieu[1] ?

1. La lettre est écrite au moment où Dostoïevski a, une fois de plus, perdu au jeu tout ce qu'il avait. Il fait des projets pour survivre.

III. LECTURES

Les témoignages, commentaires, adaptations, interprétations qui suivent sont donnés par ordre chronologique.

LE SUCCÈS DE *CRIME ET CHÂTIMENT* LORS DE LA PUBLICATION

N. N. Strakhov, *Mes souvenirs sur F. M. Dostoïevski* in *Dostoïevski vivant. Témoignages*, trad. Raïssa Tarr, Paris, Gallimard, 1972, p. 159.

L'impression que produisit en Russie *Crime et châtiment* fut extraordinaire. Ce fut, cette année 1866, l'œuvre la plus lue et la plus discutée. Toutefois la majorité des lecteurs se plaignirent d'en sortir écrasés, déprimés ; les gens les plus équilibrés se sentaient mal. Les sujets nerveux abandonnaient la lecture. Mais, et ce fut le plus surprenant, le roman coïncida avec la réalité. Au moment même où parut le numéro du *Messager russe* relatant le crime de Raskolnikov, les journaux parlèrent d'un meurtre similaire perpétré à Moscou. Un étudiant avait assassiné un usurier, apparemment poussé par ses convictions nihilistes, selon lesquelles « tout était permis » pour réformer un état de choses absurde. Autant que je m'en souvienne, l'assassinat eut lieu deux ou trois jours avant la publication du roman. J'ignore si le public s'en avisa, mais je sais que Fedor Mikhaïlovitch en fut informé et en parla souvent par la suite, non sans s'enorgueillir de sa perspicacité d'artiste. Je me rappelle également ce que nous dit, quelques années plus tard, M. P. Pokrovski de l'impression que fit le roman sur des jeunes gens en résidence surveillée dans une ville de province. Un adepte de Raskolnikov fut longtemps obsédé par le désir de l'imiter. Il finit toutefois par y renoncer. Il n'en est pas moins vrai que le romancier avait parfaitement réussi à pénétrer la mentalité d'hommes qui, s'étant départis de tout principe moral, osaient agir à l'encontre de leur propre conscience.

CRIME ET CHÂTIMENT PRÉSENTÉ AUX LECTEURS FRANÇAIS

Eugène-Melchior de Vogüé, *Le roman russe*, Paris, Plon, 1886, p. 246 *sq.*

De 1865 à 1871, il composa trois grands romans, *Crime et châtiment, L'idiot, Les possédés.*

Le premier marque l'apogée du talent de Dostoïevsky ; il a été traduit, on peut en juger. Les hommes de science, voués à l'observation de l'âme humaine, liront avec intérêt la plus profonde étude de psychologie criminelle qui ait été écrite depuis *Macbeth ;* les curieux de la trempe de Perrin Dandin, ceux à qui la torture fait toujours passer une heure ou deux, trouveront dans ce livre un aliment à leur goût ; je pense qu'il effrayera le plus grand nombre et que beaucoup ne pourront pas l'achever. [...] Hoffmann, Edgar Poe, Baudelaire, tous les classiques du genre inquiétant que nous connaissions jusqu'ici ne sont que des mystificateurs en comparaison de Dostoïevsky ; on devine dans leurs fictions le jeu du littérateur ; dans *Crime et châtiment,* on sent que l'auteur est tout aussi terrifié que nous par le personnage qu'il a tiré de lui-même.

La donnée est très simple. Un homme conçoit l'idée d'un crime ; il la mûrit, il la réalise, il se défend quelque temps contre les recherches de la justice, il est amené à se livrer lui-même, il expie. Pour une fois l'artiste a observé la coutume d'Occident, l'unité d'action ; le drame, purement psychologique, est tout entier dans le combat entre l'homme et son idée. Les personnages et les faits accessoires n'ont de valeur que par leur influence dans les déterminations du criminel. [...]

L'horrible action est commise ; le malheureux va lutter avec son souvenir, comme il luttait auparavant avec son dessein. [...] Par le fait irréparable d'avoir supprimé une existence humaine, tous les rapports du meurtrier avec le monde sont changés ; ce monde, regardé désormais à travers le crime, a pris une physionomie et une signification nouvelles, qui excluent pour le coupable la possibilité de sentir et de raisonner comme les autres, de trouver sa place stable dans la vie. Ce n'est pas le remords au sens classique du mot : Dostoïevsky s'attache à bien marquer la nuance ; son personnage ne connaîtra le remords, avec sa vertu bienfaisante et réparatrice, que le jour où il aura accepté l'expiation ; non, c'est un sentiment complexe et pervers, le dépit d'avoir mal profité d'un acte aussi bien préparé, la révolte contre les conséquences morales inattendues engendrées par cet acte, la honte de se trouver faible et dominé ; car le fond du caractère de Raskolnikof, c'est l'orgueil. [...]

Enfin, quand l'auteur nous a suffisamment torturés en tendant cette situation aiguë, il fait apparaître l'influence salutaire qui doit briser l'orgueil du coupable et le réconcilier avec lui-même par l'expiation. Raskolnikof aime une pauvre fille des rues. [...] Le trait de clairvoyance, c'est d'avoir deviné que, dans l'état psychologique créé par le crime, le sentiment habituel de l'amour devait être modifié comme tous les autres, changé en un sombre désespoir. Sonia, une humble créature vendue par la faim, est presque inconsciente de sa flétrissure, elle la subit comme une maladie inévitable. Dirai-je la pensée intime de l'auteur, au risque d'éveiller l'incrédulité pour ces exagérations du mysticisme ? Sonia porte son ignominie comme une croix, avec résignation et piété. Elle s'est attachée au seul homme qui ne l'ait pas traitée avec mépris, elle le voit bourrelé par un secret, elle essaie de le lui arracher ; après de longs combats, l'aveu s'échappe, et encore je dis mal ; aucun mot ne le trahit ; dans une scène muette qui est le comble du tragique, Sonia voit passer la chose monstrueuse au fond des yeux de son ami. [...]

Pour caractériser les rapports singuliers de ces deux êtres, ce lien pieux et triste, si étranger à toutes les idées qu'éveille le mot d'amour, pour traduire l'expression que l'écrivain emploie de préférence, il faut restituer le sens étymologique de notre mot *compassion,* tel que Bossuet l'entendait : souffrir avec et par un autre. Quand Raskolnikof tombe aux pieds de cette fille qui nourrit ses parents de son opprobre, alors qu'elle, la méprisée de tous, s'effraye et veut le relever, il dit une phrase qui renferme la synthèse de tous les livres que nous étudions : « Ce n'est pas devant toi que je m'incline, je me prosterne devant toute la souffrance de l'humanité. »

Remarquons-le ici en passant, notre romancier n'a pas réussi une seule fois à représenter l'amour dégagé de ces subtilités, l'attrait simple et naturel de deux cœurs l'un vers l'autre ; il n'en connaît que les extrêmes : ou bien cet état mystique de *compassion* près d'un être malheureux, de dévouement sans désir ; ou bien les brutalités affolées de la bête, avec des perversions contre nature. Les amants qu'il nous représente ne sont pas faits de chair et de sang, mais de nerfs et de larmes. [...]

Si même vous retiriez de ce livre l'âme du principal personnage, il y resterait encore, dans les âmes des personnages secondaires, de quoi faire penser pendant des années. Étudiez de près ces trois figures, le petit employé Marmeladov, le juge d'instruction Porphyre, et surtout l'énigmatique Svidrigaïlof, l'homme *qui doit avoir tué sa femme*, et qu'un aimant rapproche de Raskolnikof, pour parler de crimes ensemble. Je ne citerai rien[...].

Je devrais d'ailleurs répéter ce que je disais plus haut : à mesure que Dostoïevsky accentue sa manière, les morceaux détachés signifient de moins en moins ; ce qui est infiniment curieux, c'est la trame du récit et des dialogues, ourdie de menues mailles électriques, où l'on sent courir sans interruption un frisson mystérieux. Tel mot auquel on ne prenait pas garde, tel petit fait qui tient une ligne, ont leur contrecoup cinquante pages plus loin ; il faut se les rappeler pour s'expliquer les transformations d'une âme dans laquelle ces germes déposés par le hasard ont obscurément végété. Ceci est tellement vrai, que la suite devient inintelligible dès qu'on saute quelques pages. On se révolte contre la prolixité de l'auteur, on veut le gagner de vitesse, et aussitôt on ne comprend plus ; le courant magnétique est interrompu.

CRIME ET CHÂTIMENT VU PAR LES GENS DE THÉÂTRE EN 1888

Adaptation jouée à l'Odéon en 1888, et approuvée par toute la critique. Paul Mounet jouait Rodion, c'est-à-dire Raskolnikov.

P. Ginisty et H. Le Roux, « *Crime et châtiment* », *d'après le roman russe de Fedor Dostoïevsky*, Paris, 1888, VIe tableau, scène III.

Chez Sonia. Une chambre de maison meublée. Un lit. Une toilette chargée de pots de fard. [...]

RODION : Oui... toi... toi... parce que tu peux seule me comprendre... parce que tu as souffert, toi aussi, tu as souffert dans ta chair. *(Il lui prend la main.)* Ta pauvre petite main, comme elle est maigre, et pâle. On voit au travers.

SONIA *(souriant)* : Je n'ai jamais été bien portante.

RODION : Et ton corps d'enfant que tu as usé de veilles et de fatigues.

SONIA : Il le fallait.

RODION : Et plus que tout cela, la révolte de ton cœur... l'outrage constamment subi... Mais comment as-tu pu, avec tes délicatesses d'âme, supporter une vie pareille ?... Il valait mieux mille fois te jeter à l'eau, en finir d'un seul coup.

SONIA : Oui, mais qu'est-ce qu'ils seraient devenus, ceux qui avaient besoin de moi.

[...]

RODION : Et sans doute ta petite sœur Poletchka se dévouera comme tu t'es dévouée.

SONIA *(terrifiée)* : Oh ! non cela n'est pas possible. Dieu ne permettra pas une pareille abomination !

RODION : Il en permet bien d'autres.

SONIA : Elle, la chère petite innocente... le doux petit ange... ma Poletchka qui ne sait rien de la vie, rien du mal, qui sourit avec tant de confiance quand je lui parle... ma petite sœur, cette pureté, cette âme candide... Elle, souffrir comme j'ai souffert ! Non, cela ne sera pas... *(Elle se tord les mains. Rodion porte la main à son front, puis il s'agenouille devant Sonia et lui baise le pied.)* Que faites-vous ?

RODION : Ce n'est pas devant toi que je m'agenouille, c'est devant toute la souffrance humaine !

SONIA : Rodion, vous ne me trompez pas, vous ne vous jouez pas de moi... ce serait mal... De tout autre, une raillerie ne me surprendrait pas... j'y suis faite, résignée... mais de vous...

RODION : Eh bien, de moi ?

SONIA : Vous êtes le seul qui ne m'ayez jamais fait honte ; vous avez vu des larmes dans mes yeux, elles ne vous ont pas fait rire, vous avez deviné que j'avais encore un cœur pour souffrir...

RODION : Et pour aimer, n'est-ce pas ?

SONIA : Ah ! est-ce que ce serait possible ? Quel réveil, quelle lumière ! Toutes mes douleurs oubliées, tout, pour une minute pareille... Je redeviendrais une femme, j'aurais ma part de joie comme les autres... de tendresse... de respect... mais non : ça ne se peut pas, ça ne se peut pas, qui voudrait de moi ? *(Rodion lui tend les bras.)* Toi ! Ah ! mon Dieu !

RODION *(caressant la tête de Sonia avec sa main)* : Sonia, réveille-toi, ouvre les yeux à la clarté qui nous inonde, Sonia, ma chère âme, vois ma joie aussi grande que ton bonheur. Comment avons-nous pu retarder cette heure ineffable ? Il y a bien longtemps que nous sommes poussés l'un vers l'autre, par une force divine, supérieure à nous. Longtemps nos lèvres se sont cherchées avant de se joindre... les voilà unies. *(Il lui baise les lèvres. Sonia s'enivre de son baiser, puis s'arrachant brusquement) :*

SONIA : Mon Dieu !

RODION *(lui baise les yeux)* : Tiens, pour toutes les larmes que tu as versées. *(Il lui baise la bouche.)* Tiens, pour tous les baisers qui t'ont souillée !

SONIA : Efface. Efface-les !

RODION : Je t'aime.

SONIA : Seigneur !

RODION : Pour toujours !

CRIME ET CHÂTIMENT ET LA « PHILOSOPHIE DE LA TRAGÉDIE »

Lev Chestov, *La Philosophie de la tragédie*, (1901), trad. Boris de Schloezer, Paris, Flammarion, 1966, p. 92-97.

Toutes les épreuves subies par Dostoïevsky au cours de son séjour en Sibérie n'étaient pas grand-chose comparativement à cette nécessité où il se trouvait de s'incliner devant la vérité des forçats. « Connais-tu, mon ami, ce mot — le mépris ? Et les souffrances de ta justice qui t'obligent à être juste à l'égard de ceux qui te méprisent ? » demande Nietzsche. Et, en effet, il n'y a pas de tortures plus grandes. Or Dostoïevsky les connut. [...]

Tel est le fardeau terrible que Dostoïevsky emporta avec soi en quittant le bagne ; avec les années, non seulement ce fardeau ne devint pas plus léger, mais il pesa de plus en plus lourdement sur ses épaules ; Dostoïevsky ne put jamais s'en débarrasser. Il dut le porter en le dissimulant aux yeux de tous et, en même temps, il dut enseigner et prêcher. Comment venir à bout de cette tâche ?

La réponse à cette question nous est fournie par toute l'œuvre littéraire de Dostoïevsky. Il ne s'occupe maintenant des humiliés et des offensés que de temps à autre, en passant, par une ancienne habitude. Son thème préféré dorénavant sera le crime et le châtiment. Une question le poursuit incessamment : quels sont donc ces hommes, ces forçats ? Comment se fait-il qu'ils m'ont paru, qu'ils me paraissent encore être dans leur droit en me méprisant, et pourquoi est-ce que je me sens involontairement si faible, si insignifiant, si (c'est affreux à dire) *ordinaire* en face d'eux ? Ce serait donc ça la vérité ? C'est ça qu'il faut enseigner aux hommes ? On ne peut douter que Dostoïevsky ne se soit posé cette question. L'article de Raskolnikov le montre clairement. Raskolnikov partage les hommes non pas en bons et méchants, mais en « ordinaires » et « extraordinaires » ; et dans la première de ces deux catégories, il fait rentrer tous les « bons », ceux qui se soumettent dans leur médiocrité spirituelle aux lois morales ; les autres, les hommes extraordinaires, se créent eux-mêmes leurs lois, « tout leur est permis ». Razoumikhine résume très bien la pensée de Raskolnikov lorsqu'il lui dit :

« Ce que je trouve de vraiment *original* dans tout cela [c'est-à-dire dans l'article et les explications donnée à ce sujet par Raskolnikov] et qui me paraît t'appartenir en propre, à mon chagrin, c'est ce droit moral de verser le sang que tu entends accorder en *toute conscience* et même, excuse-moi, avec un certain fanatisme... Il me semble que c'est là l'idée principale de ton article : l'autorisation *morale* de tuer, et elle m'apparaît plus terrible que ne le serait une autorisation officielle et légale[1]. » (Les mots « original » et « en conscience » sont soulignés par Dostoïevsky lui-même.)

1. Voir Folio, p. 280. On a substitué la traduction de Folio à celle qui figure dans la version française du texte de Chestov. Il a fallu seulement rectifier une erreur.

Ainsi donc, la conscience morale oblige Raskolnikov à prendre le parti du meurtrier. La sanction de la conscience, son approbation, sa sympathie vont au « méchant » et non plus au « bon ». Ces termes mêmes, le « bien », le « mal », n'existent déjà plus. Ils sont remplacés par ceux d'« ordinaire » et d'« extraordinaire », le premier étant associé à l'idée de banalité, de platitude, le second devenant le synonyme de grandeur. Autrement dit, Raskolnikov se plaçait « par-delà le bien et le mal », il y a soixante ans de cela, quand Nietzsche était encore étudiant et rêvait d'idéals sublimes[1]. [...]

La tragédie de Raskolnikov ne provient pas de ce qu'il eut l'audace de violer la loi, mais découle, au contraire, de ce qu'il prit conscience de son incapacité à accomplir un tel acte. Raskolnikov n'est pas un assassin, on ne peut lui imputer aucun crime. L'histoire de la vieille usurière et de Lisaveta est une pure invention, une calomnie. Et Ivan Karamazov, plus tard, lui non plus, ne fut pas mêlé au crime de Smerdiakov ; lui aussi fut calomnié par Dostoïevsky. Tous ces « héros » sont la chair de la chair de Dostoïevsky, des rêveurs, des romantiques, des auteurs de projets d'organisation de l'humanité future, des amis dévoués de l'humanité, qui, soudain, ont eu honte de leur noblesse, de leurs rêveries sublimes, et ont brusquement compris que tous ces discours élevés n'étaient que pur bavardage et n'ajoutaient pas un grain au trésor commun de l'humanité. Leur tragédie consiste dans l'impossibilité où ils sont de recommencer une autre vie, une vie nouvelle. Et cette tragédie est si profonde, si irrémédiable qu'il ne fut pas difficile à Dostoïevski de la motiver par les tourments de

1. Né en 1844, Nietzsche ne commence à publier qu'en 1872 et ses textes subversifs sont encore postérieurs.

ses « héros » du crime. Mais partant de là, il n'y a aucune raison pour considérer Dostoïevsky comme un connaisseur des âmes criminelles. Il avait connu des assassins, mais il ne les avait vus qu'au bagne. Leur existence passée, l'histoire de leurs crimes étaient demeurées pour lui aussi secrètes que pour nous. [...] Sa pensée errait à travers les déserts de sa propre âme, et c'est de ces pérégrinations qu'elle nous rapporta la tragédie de l'homme souterrain, de Raskolnikov, de Karamazov, etc. Ce sont ces criminels qui n'ont jamais commis de crime, ce sont ces remords de conscience sans qu'il y ait eu culpabilité, qui forment le thème des multiples romans de Dostoïevsky. C'est là qu'on le retrouve lui-même, c'est là sa réalité et sa vie véritable. Tout le reste, c'est de l'« enseignement ». Tout le reste n'est qu'une cabane hâtivement construite avec les débris d'anciens bâtiments. À qui peut-elle être utile ?

Dostoïevsky lui-même — ceci doit être indiqué — accordait une grande importance à sa doctrine, de même que Tolstoï, de même que Nietzsche, de même que presque tous les écrivains. Il croyait qu'il était capable d'enseigner aux hommes ce qu'ils devaient faire, comment ils devaient vivre. Mais cette prétention risible demeura naturellement irréalisée. Les hommes n'ont jamais vécu et ne vivent pas d'après les livres.

CRIME ET CHÂTIMENT : UN ROMAN-TRAGÉDIE

D. Merejkovski, *Tolstoï et Dostoïevski*, Pétersbourg, 1903, p. 278 *sq* (trad. J.-L. Backès).

Partout chez Dostoïevski la personnalité humaine, poussée jusqu'à ses dernières limites, croît, se développe depuis ses racines sombres, élémentaires, animales, jusqu'aux sommets lumineux de la spiritualité ; partout il y a lutte de la volonté héroïque ; avec l'élément du devoir moral et de la conscience, chez Raskolnikov ; avec l'élément de la sensualité raffinée et consciente, chez Svidrigaïlov. [...] En passant par le creuset de cette lutte, à travers le feu des passions qui le trempent et de la conscience qui le trempe encore davantage, le noyau de la personnalité humaine, le *moi* intérieur reste indestructible et se dévoile. [...]

Parce qu'y domine la lutte héroïque, les œuvres majeures de Dostoïevski ne sont, en fait, ni des romans, ni des épopées, mais des tragédies.

La guerre et la paix, Anna Karenine sont vraiment des romans, sont d'authentiques épopées. Leur centre de gravité artistique n'est pas dans les dialogues, mais dans la narration ; non dans ce que disent les personnages, mais dans ce qui est dit à leur propos ; non dans ce qu'entendent nos oreilles, mais dans ce que voient nos yeux.

C'est l'inverse, chez Dostoïevski : dans l'architecture générale de l'œuvre, la partie narrative est secondaire, subordonnée. Le phénomène frappe d'emblée : la narration, toujours écrite dans une langue monotone, qui sent la précipitation, voire une visible négligence, paraît tantôt effroyablement distendue et compliquée, surchargée de détails, tantôt exagérément condensée. La narration n'est pas un texte, mais une parenthèse en petites lettres, un ensemble de remarques en marge du drame, où l'on explique le lieu, le moment de l'action, ce qui a précédé, la situation et l'allure extérieure des personnages ; c'est la construction de la scène, des tréteaux indispensables pour la représentation ; mais le drame ne commence que lorsque les personnages font leur apparition et commencent à parler. Chez Dostoïevski, c'est dans le dialogue qu'est concentrée toute la force artistique de l'imagination ; c'est dans le dialogue que tout se noue et se résout. Dans toute la littérature contemporaine aucun écrivain n'égale Dostoïevski pour la maîtrise du dialogue. [...]

Chez Dostoïevski, il est impossible de ne pas reconnaître dès les premiers mots, non par le contenu du discours, mais au simple son de la voix, si c'est Fiodor Pavlovitch Karamazov qui parle, ou le père Zossima, Raskolnikov ou Svidrigaïlov. [...]

Raskolnikov tue la vieille femme, pour se prouver à lui-même qu'il est déjà « au-delà du bien et du mal », qu'il n'est pas « une créature tremblante », mais « un maître ». Raskolnikov, pourtant, selon le projet de Dostoïevski, doit comprendre qu'il s'est trompé, qu'il n'a pas tué « un principe », mais simplement une vieille femme, qu'il n'a pas « franchi le pas », mais qu'il a seulement voulu le faire. Quand il aura compris cela, il devra reconnaître sa faiblesse, prendre peur, et, s'agenouillant sur la place publique, confesser son forfait devant tous. Et c'est justement vers ce point extrême, vers cet unique, ce dernier instant que tout dans l'action du roman se dirige, s'efforce, se tend ; c'est pour ce dernier coup que tout se resserre, s'affine, s'aiguise comme une lame d'épée ; c'est vers cette « chute » tragique, vers cette catastrophe que tout se précipite, comme le courant d'un fleuve qu'encombrent des rochers ; tout se précipite vers la dernière falaise où se formera la cataracte.

Il ne peut y avoir, il n'y a en fait aucun élément secondaire, surajouté, qui ralentisse, qui détourne l'attention de l'action principale. Les événements se succèdent, de plus en plus vite, irrépressibles ; ils se précipitent, s'accumulent, s'entassent pour ainsi dire, mais selon un ordre strict et harmonieux, toujours subordonnés au but unique et essentiel ; ils se concentrent, aussi nombreux que possible dans un temps aussi bref que possible. Si Dostoïevski a des égaux, ce n'est pas dans la littérature moderne, mais dans l'Antiquité : le poète de l'*Orestie* et le poète d'*Œdipe* possèdent seuls cet art de la tension progressive, de l'accumulation, du renforcement et de l'effroyable condensation de l'action tragique. [...]

Nous avons pris l'habitude de croire que plus la pensée est abstraite, plus elle est froide et s'éloigne de la passion. Il n'en est rien, au moins pour nous. Les héros de Dostoïevski montrent que les pensées abstraites peuvent être passionnées, que les prémisses et les conclusions de la métaphysique ne s'enracinent pas seulement dans notre raison, mais aussi dans notre cœur, dans nos sentiments, dans notre vouloir.

Il existe des pensées qui jettent de l'huile sur le feu des passions, qui brûlent la chair et le sang de l'homme plus que les désirs les plus débridés. Il existe une logique des passions ; mais il existe aussi une *passion de la logique*. Là se trouvent des passions nouvelles, particulières, qui nous appartiennent au premier chef, qui sont étrangères aux hommes d'autres cultures. Le contact du corps nu avec un objet extrêmement froid provoque parfois une sensation de brûlure ; le contact du cœur avec le plus abstrait des éléments métaphysiques produit parfois l'effet d'une passion dévorante.

Raskolnikov « a aiguisé sa casuistique comme un rasoir ». C'est avec ce rasoir des abstractions qu'il se blessera dans la vie réelle, risquant ainsi la mort. Son crime est, comme le dit le juge d'instruction Porphyre, le fruit d'un « cœur excité par la théorie ». [...]

Les grands poètes des siècles passés, en décrivant les passions du cœur, ont négligé les passions de l'esprit, comme si, pour eux, aucune représentation artistique de cet objet n'était possible. Faust et Hamlet sont plus proches de nous que tous les autres héros, parce qu'ils pensent plus qu'eux ; mais ils ont moins d'émotions, ils agissent moins, et justement parce qu'ils pensent davantage ; la tragédie d'Hamlet ou de Faust tient justement à cette contradiction insoluble entre un cœur passionné et une pensée sans passion. Une tragédie de la passion pensante et de la pensée passionnée serait-elle impossible ? Dostoïevski est en tout cas l'un des premiers qui s'en soient approchés.

Il a surmonté la crainte superstitieuse du sentiment devant l'esprit, crainte caractéristique des artistes modernes. Il a perçu et nous a fait voir le lien qui unit la tragédie de notre cœur et la tragédie de notre raison, de notre conscience philosophique et religieuse.

PETERSBOURG, VILLE FANTASTIQUE

Ibid., p. 320 *sq.*

Plus que quiconque, Dostoïevski comprenait « quel malheur c'est que d'habiter Pétersbourg, la ville la plus abstraite et la plus artificielle (il y a des villes artificielles et des villes non artificielles) », « la ville la plus fantastique, celle qui, de toutes les villes du globe terrestre, possède l'histoire la plus fantastique », cet illustre « *paradis* » de Pierre le Grand, construit, comme par un fait exprès, à partir d'un « dessein diabolique », en dérision des hommes et de la nature, avec pour destination non pas la vie naturelle, mais la mort anti-naturelle des hommes.

Un jour — c'était après son crime — Raskolnikov passant en été sur le pont Nicolas, s'arrêta et « se tourna vers le fleuve, dans la direction du Palais d'Hiver. [...] Ce tableau splendide semblait *glacial*, animé d'un *esprit sourd et aveugle aux mouvements de la vie*[1]. » [...] C'est de cet esprit terrible, qui semble étranger, occidental, mais qui, en fait, est authentiquement et anciennement russe, pré-

1. Folio, p. 123. L'italique est de Merejkovski.

chrétien, primitif, c'est de cet esprit de Pierre le Grand et de Pouchkine[1] que sort Raskolnikov — et que, pour une part importante, était sorti aussi Dostoïevski. [...]

Ce que Dostoïevski dit de Pétersbourg, « la plus fantastique de toutes les villes », création de Pierre le Grand, il le dit presque dans les mêmes termes de ses propres créations, de son œuvre d'artiste : « J'aime énormément le réalisme en art ; le réalisme, si j'ose dire, qui va jusqu'au fantastique. » — Que peut-il exister pour moi de plus fantastique et de plus surprenant que la réalité ? Que peut-il exister de plus invraisemblable, parfois, que la réalité ? — « Ce que la plupart des gens appelle fantastique et exceptionnel constitue parfois à mes yeux la véritable substance de la réalité. »

Tous les héros de Dostoïevski se répartissent en deux familles opposées, mais qui ont entre elles nombre de points de contact : ou bien — comme Aliocha, l'Idiot, Zossima — ce sont des hommes de « la cité future », d'une Russie trop ancienne ou encore trop neuve, et qui n'existe pas ; ou bien — comme Ivan Karamazov, Rogojine, Raskolnikov, Versilov, Stavroguine, Svidrigaïlov — ce sont des hommes de « la cité présente », de la Russie actuelle, réelle, pétersbourgeoise, de la Russie de Pierre le Grand. Les premiers semblent fantomatiques, mais ils sont réels ; les seconds semblent réels, mais ils sont fantomatiques : ils ne sont qu'un « rêve dans un rêve », dans ce rêve impitoyablement réel et pourtant fantastique qui hante depuis deux siècles le Cavalier de bronze.

Raskolnikov voit en rêve la pièce où il a tué la vieille femme. « Par la fenêtre, on voyait l'énorme lune ronde, d'un rouge cuivré. [...] Il respira avec

1. Allusion au poème de Pouchkine, *Le cavalier de bronze*. Le Cavalier de bronze est une statue de Pierre le Grand.

effort, mais, chose étrange, *le rêve semblait continuer.* [...] Une grosse mouche qui en volant s'était cognée contre la vitre, bourdonnait et se débattait[1]. »

Ce trait réel et symbolique — la mouche qui bourdonne — unit si bien le rêve et la veille que le lecteur ne peut plus distinguer la limite où cesse le fantomatique, où commence le réel. [...]

Svidrigaïlov sort de ce rêve ; il n'est lui-même que rêve, que brouillard pétersbourgeois épais, d'un jaune sale. Mais si c'est un « fantôme », c'est un fantôme de chair et de sang. De là l'effroi qu'il inspire. Rien en lui de romantique, de flou, d'indéterminé, d'abstrait. Au cours du roman Svidrigaïlov ne cesse de s'incarner. [...] Mais, au moment où nous croyons sans réserve à son existence, il replonge dans le brouillard d'où il était sorti — il s'évanouit dans le rêve d'où il venait. Sa mort n'est pas plus romantique et conventionnelle que sa vie ; c'est la mort pétersbourgeoise la plus affreuse, mais aussi la plus habituelle ; c'est un rapport de police, un document pétersbourgeois couvert d'une petite écriture.

CRIME ET CHÂTIMENT DANS LE *DOSTOÏEVSKY* D'ANDRÉ GIDE

A. Gide, *Dostoïevsky*, Paris, Gallimard, coll. « Essais », 1981.

Comment affirmer son indépendance ? Ici l'angoisse commence. Tout est permis. Mais quoi ? Que peut un homme ?

Chaque fois que dans les livres de Dostoïevsky nous voyons un de ses héros se poser cette question, nous pouvons être assurés que peu de temps après, nous assisterons à sa banqueroute. Nous

1. Folio, p. 295 *sq.* L'italique est de Merejkovski.

voyons d'abord Raskolnikoff : c'est chez lui que cette idée pour la première fois se dessine ; cette idée, qui, chez Nietzsche, devient celle du surhomme. Raskolnikoff est l'auteur d'un article tant soit peu subversif où il expose que :

« *Les hommes sont divisés en* ordinaires *et* extraordinaires. » [...]

« Une même loi pour le lion et pour le bœuf, c'est oppression », lisons-nous dans Blake.

Mais le seul fait que Raskolnikoff se pose la question au lieu de la résoudre simplement en agissant, nous montre qu'il n'est pas vraiment un surhomme. Sa faillite est complète. Il ne se délivre pas un instant de la conscience de sa médiocrité. C'est pour se prouver à lui-même qu'il est un surhomme qu'il se pousse au crime. [...]

Après Raskolnikoff, ce sera Stavroguine ou Kiriloff, Ivan Karamazov ou *L'adolescent.*

La faillite de chacun de ses héros intellectuels tient également à ceci, que Dostoïevsky considère l'homme d'intelligence comme à peu près incapable d'action.

[...]

Ne nous méprenons pas sur la pensée de Dostoïevsky. Encore une fois, si la question du surhomme est nettement posée par lui ; si nous la voyons sournoisement reparaître dans chacun de ses livres, nous ne voyons triompher profondément que les vérités de l'Évangile. Dostoïevsky ne voit et n'imagine le salut que dans le renoncement de l'individu à lui-même ; mais d'autre part, il nous donne à entendre que l'homme n'est jamais plus près de Dieu que lorsqu'il atteint l'extrémité de sa détresse. C'est alors seulement que jaillira ce cri : « Seigneur, à qui irions-nous ! tu as les paroles de la vie éternelle. »

Il sait que, ce cri, ce n'est pas de l'honnête homme qu'on peut l'attendre, de celui qui a toujours su où aller, de celui qui se croit en règle envers soi-même et envers Dieu, mais bien de celui qui *ne sait plus où aller !* « Comprenez-vous ce que cela veut dire, disait Marmeladoff à Raskolnikoff. Comprenez-vous ce que signifient ces mots : n'avoir plus où aller ? Non, vous ne comprenez pas encore cela. »

C'est seulement par-delà sa détresse et son crime, par-delà même le châtiment, c'est seulement après s'être retranché de la société des hommes que Raskolnikoff s'est trouvé en face de l'Évangile.

L'ESPRIT DE DOSTOÏEVSKI DANS *CRIME ET CHÂTIMENT*

N. Berdiaev, *L'esprit de Dostoïevski*, trad. Lucienne Julien-Cain, Paris, Stock, 1929, p. 108 *sq*.

Poser le problème du crime revient à définir ce qui est permis. Tout est-il permis ? Voilà la question qui a toujours troublé Dostoïevski, qui s'est présentée à lui sans cesse sous des formes renouvelées. C'est ce sujet qui lui a inspiré *Crime et châtiment* et, dans une grande mesure, *Les possédés* et *Les frères Karamazov.* Il y expose l'épreuve de la liberté humaine. Lorsque l'homme s'est engagé sur le chemin de la liberté, il s'est trouvé face à face avec ce dilemme : existe-t-il à sa nature des bornes morales, ou peut-il se risquer à tout faire ? La liberté, dégénérant en arbitraire, ne reconnaît nulle chose sacrée, n'accepte aucune limite. Si Dieu n'existe pas, si l'homme est lui-même Dieu, tout lui est permis. L'homme va alors éprouver ses forces, sa puissance, sa vocation à devenir Dieu. Et, en même temps, il se laisse obséder par une idée fixe, et, sous l'empire de cette obsession, sa liberté commence à disparaître, il se fait l'esclave de forces étrangères. Processus que Dostoïevski a dépeint génialement. Celui qui dans son arbitraire méconnaît les limites de la liberté, voit cette liberté disparaître et tombe au pouvoir d'idées qui l'asservissent. Tel fut le cas pour Raskolnikov.

Raskolnikov ne donne plus l'impression d'être un homme libre : il n'est plus qu'un maniaque obsédé par des idées mensongères. Plus trace chez lui de cette indépendance morale qui s'accompagne d'autopurification et d'autolibération. Quelle est l'idée fixe de Raskolnikov ? Il expérimente les bornes de sa propre nature, de la nature humaine en général. Lui-même se considère comme appartenant à l'élite de l'humanité, à l'espèce de ces gens remarquables chargés de la combler de bienfaits. Il pense que tout est possible et veut mettre sa puissance à l'épreuve. L'énigme humaine posée devant l'homme est simplifiée par Dostoïevski qui la réduit à un théorème élémentaire ; un homme extraordinaire, appelé à servir l'humanité, a-t-il le droit de tuer la plus nulle et la plus hideuse des créatures humaines, une repoussante vieille usurière qui n'est pour les autres êtres qu'une source de mal, afin de se frayer par ce crime dans l'avenir un chemin vers l'amélioration de l'humanité ? Or, il ressort, avec une force étonnante, de *Crime et châtiment* qu'une telle chose n'est pas permise, que l'homme qui s'en fait l'auteur se perd spirituellement. [...]

Le cas de Raskolnikov marque déjà la crise de l'humanisme, le terme de la morale humaniste, la perte de l'homme par son autoaffirmation. L'apparition du rêve du surhomme et de la superhumanité, de la morale supérieure humaine, indique que l'humanisme s'est usé et a pris fin. Pour Raskolnikov, l'humanitarisme n'existe déjà plus, il est cruel et sans pitié dans ses rapports avec son prochain. L'homme, créature vivante, concrète, souffrante, doit être sacrifié à l'idée du Surhomme. Peut-on, au nom de « lointains » extra-humains, en agir à sa guise avec son « prochain », avec l'homme ? Dostoïevski lui-même enseigne la religion de l'amour du prochain, et il démontre le mensonge de ces amours pour des buts éloignés, placés en dehors ou au-dessus de l'humanité. Il existe un principe « lointain » qui recommande d'aimer son prochain : et c'est Dieu. Mais l'idée de Dieu est la seule idée surhumaine qui ne détruise pas l'homme, qui ne le transforme pas en un simple moyen, en un instrument.

CRIME ET CHÂTIMENT À NOUVEAU SUR LA SCÈNE

Le texte a été joué et publié en 1933. Lucien Nat était Raskolnikov ; Marguerite Jamois incarnait Sonia.

Le dialogue se situe après l'aveu de Raskolnikov à Sonia. On remarquera le ton presque autoritaire qui est donné à la jeune fille.

On notera aussi le caractère foncièrement irréel, quasi symboliste, du dernier tableau.

XIXe TABLEAU

Crime et châtiment, Adaptation de Gaston Baty, Paris, Librairie théâtrale, 1978, p. 84 *sq.*

[...]

RASKOLNIKOV : Tu voudrais que j'aille me dénoncer aux juges quand je viens de leur échapper ? Ils me prendraient pour un idiot ou pour un lâche.

SONIA : Ne cherche pas les juges mais le jugement.

RASKOLNIKOV : Et de quel droit me jugeraient-ils ? Valent-ils mieux que moi ? Ils égorgent des millions d'hommes et s'en font une gloire. Ils prétendent défendre la société, comme si, bête, cruelle, hypocrite, elle méritait d'être défendue. Je veux lutter encore.

SONIA : Pourquoi attendre et t'épuiser en vain ? Tu succombes sous un fardeau si lourd ! Rejette-le, soulage-toi de ta misère, de ton orgueil...

RASKOLNIKOV : Je ne veux pas ? Ce serait trop bête.

SONIA : Le péché est éphémère.

RASKOLNIKOV : Non, je n'irai pas.

SONIA : Mais le Christ est éternel.

RASKOLNIKOV : Je ne veux pas ! *(Un long temps.)* Que faudra-t-il faire ?

SONIA : Descends dans la rue, agenouille-toi, baise la terre et dis à haute voix : « C'est moi qui ai tué ! »
RASKOLNIKOV : Me suivras-tu ?
SONIA : Je te suivrai partout. Allons.
RASKOLNIKOV : Tu veux, tout de suite...
SONIA : Bien sûr. Il y a si longtemps que tu attendais ce moment...
RASKOLNIKOV : « C'est moi qui ai tué... »
SONIA : Alors ils se saisiront de toi et tu seras pardonné.
RASKOLNIKOV : J'ai désiré ton pardon, mais non celui de tous.
SONIA : Mais le tien t'est le plus nécessaire. Va !
RASKOLNIKOV : Et je ne veux pas de leur pitié.
SONIA : Il n'y a pas tant de pitié à craindre ! Va !
RASKOLNIKOV : Reste près de moi, Sonia...
SONIA : Je serai là. Va !
RASKOLNIKOV : Avec ton corps meurtri, tes mains jointes...
SONIA : Va !
RASKOLNIKOV : ... et tes larmes !
SONIA : Va, mon âme !
Il sort. Elle le suit.

XXe TABLEAU

Longue rue montant au bout de laquelle on aperçoit un peu de ciel. Bleu nocturne. Fenêtres éclairées dans les hautes façades. L'orgue de Barbarie joue, en sourdine, la complainte du meurtre.

Tous les personnages, groupés à droite et à gauche, regardent s'avancer Raskolnikov et Sonia. Quand ils arrivent au bord de la scène, silence. Raskolnikov descend seul sur le proscénium et s'agenouille, tout au bord, face au public.

RASKOLNIKOV : C'est moi qui ai tué, à coups de hache, Alina Ivanovna, pour la voler.

UN THÉOLOGIEN CATHOLIQUE CRITIQUE L'INTERPRÉTATION DE CHESTOV

H. de Lubac, s.j. *Le drame de l'humanisme athée* (1944), 7e édition, Paris, Éd. du Cerf, 1983, p. 326 *sq.*

« C'était là le seul tort qu'il se reconnût, celui d'avoir faibli et d'être allé se dénoncer[1]. » Il avait fait un essai, et son essai avait déposé contre lui.

Est-ce là toute la morale de l'auteur ? Plusieurs l'ont pensé. Après avoir rappelé que Nietzsche « a considéré le crime comme nécessaire à la grandeur humaine », Charles Andler ajoutait : « Encore cette audace a-t-elle, selon Dostoïevski, besoin du succès. L'impuissant qui tue et dévalise une vieille femme pour sortir de la misère n'a pas droit au crime, parce qu'il n'a pas l'étoffe d'un grand conquérant. Bourrelé de remords, il restera confondu dans la basse " pègre " vouée aux travaux forcés. » C'est ainsi que, dans le roman même, le sinistre Svidrigaïlov, s'adressant à la sœur du pauvre assassin, tire la moralité de l'histoire. Mais Svidrigaïlov n'en a pas connu l'épilogue, ce moment ultime où, sous l'influence persévérante de Sonia, le cœur du condamné renaît à la vie en trouvant le repentir. Si d'ailleurs il l'avait connu, tout fait présumer que ce viveur ne l'aurait pas compris. Il est plus étonnant que Léon Chestov s'y soit trompé. Selon lui, Dostoïevski ne reprocherait à son héros que sa faiblesse : s'il lui fait entrevoir, tout à la fin, une nouvelle vie, c'est une vie où son malheur sera justifié, où il verra qu'il avait raison de ne pas se repentir et qu'un sûr instinct le guidait lorsqu'il ne se sentait pas coupable. On peut dire que dans cette hypothèse l'échec de Raskolnikov praticien n'infirme en rien la thèse de Raskolnikov auteur. Au contraire, sa conversion le rassure enfin pleinement sur sa théorie et il va désormais, dans la sérénité retrouvée, rêver d'une

1. Folio, p. 570.

existence où son caractère, mieux trempé, pourrait supporter le crime, où sa volonté de puissance serait satisfaite. Il va rêver d'un monde où l'égoïsme de l'homme fort pourrait être vécu au grand jour. Telle est à peu près l'interprétation de Chestov. C'est méconnaître totalement l'intention du romancier. Loin qu'il faille interpréter le dernier épisode, au rebours de son sens le plus naturel, par les sentiments précédents de Raskolnikov, il convient de projeter sa lumière sur le passé, pour y discerner déjà les prodromes secrets de la conversion. Dostoïevski nous montre Raskolnikov au bagne, peu avant l'entrevue suprême avec Sonia, repassant toujours en lui son histoire comme un cauchemar, toujours inaccessible au repentir. Ce n'est pas qu'il le repousse, ce repentir, au contraire ! Il soupire après lui, si brûlant qu'il doive être, comme le cerf altéré soupire après l'eau vive. Mais le repentir ne le visite pas.[...]

Le fait qu'il est un nietzschéen manqué ne change donc rien d'essentiel à la donnée du problème que Raskolnikov doit résoudre. Il ne fait qu'introduire un élément nouveau de pathétique dont le réalisme de Dostoïevski sait bien qu'il doit être en pareil cas la loi. L'impuissance dont si longtemps son héros se dépite, n'entre pour rien dans la solution finale. « Suis-je capable de me dépasser, ou non ? » se demande-t-il un jour, au cours d'un de ses cruels examens de conscience. Encore une de ses formules nietzschéennes ! Mais au sens où il l'entend, qui est le sens de Nietzsche, nul homme n'est capable de se dépasser. Ce n'est pas parce qu'il est faible, c'est parce qu'il est homme que Raskolnikov doit enfin reconnaître la vérité sur l'homme, et, pour trouver la vie divine, renoncer à faire le dieu.

LES LIEUX ET LEUR SIGNIFICATION

Le décor du roman a une valeur symbolique, comme l'a vu Merejkovski[1]. L'idée revient, avec des nuances diverses, sous la plume de critiques d'esprit très différent ; l'auteur du présent texte, historien de la littérature, est très proche des penseurs religieux de la tradition russe.

C. Motchoulski, *Dostoïevski* (1947), trad. Gustave Welter, Paris, Payot, 1963, p. 240 *sq.*

L'histoire de Raskolnikov se déroule à Pétersbourg. La ville la plus fantastique du monde engendre un héros fantastique. Dans l'univers dostoïevskien le lieu et l'ambiance sont en liaison mystique avec les personnages. Ce ne sont pas des espaces neutres, mais des symboles moraux. Comme le Hermann de *La dame de pique* de Pouchkine, Raskolnikov est un « type pétersbourgeois ». Ce n'est que dans cette ville morne et mystérieuse que pouvait naître le « rêve hideux » du pauvre étudiant. Dans *L'adolescent*, Dostoïevski a écrit : « Par une de ces matinées pétersbourgeoises, pourries, humides et brumeuses, le rêve bizarre de quelque Hermann de *La dame de pique* (figure colossale, extraordinaire, tout à fait un type pétersbourgeois, un type de la période pétersbourgeoise) doit, il me semble, prendre encore plus de corps. » Raskolnikov est le frère spirituel de Hermann : comme lui, il rêve à Napoléon, il a soif de puissance et il tue une vieille femme. Sa rébellion achève la « période pétersbourgeoise de l'histoire russe ».

Au cours du roman, on rencontre plusieurs brèves descriptions de la ville. Elles rappellent des indications scéniques, mais ces quelques traits précis suffisent à nous faire sentir le « paysage moral ». Par une claire journée d'été, Raskolnikov, du pont Nicolas, contemple avec attention ce

1. Voir plus haut, p. 161.

« panorama déjà magnifique » : « Un souffle de froid inexplicable venait toujours à lui de ce panorama magnifique, ce tableau imposant lui paraissait d'un esprit muet et sourd[1]. » L'âme de Pétersbourg est l'âme de Raskolnikov, elle a la même grandeur et la même froideur. Le héros « s'étonne de l'impression triste et énigmatique qu'il éprouve et il remet à plus tard de se l'expliquer ». Le roman est consacré à percer le mystère Raskolnikov-Pétersbourg-Russie. Pétersbourg est aussi ambigu que les cerveaux humains qu'il a engendrés. D'un côté, la majestueuse Néva dont l'eau bleue reflète la coupole dorée de la cathédrale Saint-Isaac, « panorama magnifique », « tableau imposant » ; d'un autre côté, la place du Foin avec ses ruelles et ses impasses, sa population miséreuse, sa saleté et sa laideur. Tel est Raskolnikov : « il est remarquablement beau, avec de superbes yeux foncés, il est blond, d'une taille supérieure à la moyenne, mince et svelte[2] » ; rêveur, romantique, esprit élevé et fier, personnalité noble et forte. Mais cet « homme superbe » possède sa place du Foin, son vilain sous-sol : l'idée de tuer et de piller. Le crime du héros, ignoble et crapuleux, a pour complices les taudis, les cabarets et les bouges de la capitale. On dirait que les émanations empoisonnées de la grande ville, sa respiration infecte et fiévreuse ont pénétré dans le cerveau de l'étudiant pauvre et y ont fait naître l'idée de l'assassinat. L'ivrognerie, la misère, le vice, la haine, la rancœur, la débauche — tous les sombres bas-fonds de Pétersbourg — conduisent l'assassin à la maison de sa victime. Le cadre du

1. Folio, p. 123. La traduction citée est extrêmement exacte, plus que celle de D. Ergaz. Ce même texte a déjà été cité et commenté par Merejkovski, voir p. 161.

2. Folio, p. 4. Même remarque, à ceci près que les cheveux de Raskolnikov ne sont ni « blonds » ni « très bruns », mais châtain foncé.

crime, le quartier et la maison où habite l'usurière, provoquent chez le héros autant de « dégoût » que son « rêve hideux ». Il vient « faire un essai » : « Il faisait dans les rues une chaleur horrible, l'air était étouffant, la foule pressée, partout des plâtras, des poutres, des briques, de la poussière et la particulière puanteur de l'été[1] » [...]. Après son « essai », Raskolnikov s'écrie : « Dieu, que tout cela est dégoûtant. » Il est saisi d'un « sentiment de profonde répulsion ». La place du Foin, avec ses filles, ses ivrognes et ses artisans et, d'autre part, l'idée du crime, tels sont les deux aspects du même état moral. Un autre exemple de l'incarnation de l'esprit et de la spiritualisation de la matière est la description de la chambre de Raskolnikov. [...] L'auteur compare cette « chambrette jaune » à une armoire, à une malle et à un cercueil.

Telle est l'enveloppe matérielle de l'« idée » de Raskolnikov. Sa chambre est la cellule d'un ascète. Il s'est claquemuré dans son coin, dans son « souterrain », il s'est couché dans un « cercueil » et il songe. Toute sa vie s'est réfugiée dans sa pensée : le monde extérieur, les gens, la réalité ont cessé d'exister. Il rêve à la richesse, tout en étant complètement désintéressé, à une action pratique, tout en étant théoricien. Il n'a besoin ni de nourriture, ni de vêtements, parce qu'il est un corps glorieux, un *pur esprit.* En lui se poursuit le processus mental dont nous parlait l'homme du souterrain. Ce n'est que dans cette chambrette étroite et basse que pouvait naître l'idée sauvage d'un crime. Le travail de la pensée ronge l'ancienne morale, dissout l'unité psychophysique de l'homme. Raskolnikov doit passer par l'ascèse, se dématérialiser pour sentir en soi une force démoniaque et pour se dresser contre Dieu. La « chambrette jaune » est le sym-

1. *Ibid.* ; même remarque.

bole de la solitude jalouse et diabolique. Le monde de la nature et des choses n'a pas, chez Dostoïevski, d'existence indépendante ; il est toujours « humanisé » et « spiritualisé ». Le cadre se réfracte toujours dans la conscience, il en est fonction. La chambre où habite une personne est le paysage de son âme.

FONCTION DES LIEUX

Ici, la question des lieux est abordée d'une manière très nouvelle, que l'on serait tenté d'appeler « formaliste », même s'il est vrai que Bakhtine est resté un peu à l'écart du groupe auquel on donne ce nom.

M. Bakhtine, *La poétique de Dostoïevski* (1929), 2e éd. 1963, trad. Isabelle Kolitcheff. Paris, Seuil, 1970, p. 226 *sq*.

Dans le rêve de Raskolnikov[1], l'espace acquiert une valeur supplémentaire, conforme à la symbolique carnavalesque. *Le haut, le bas, l'escalier, le seuil, l'entrée, le palier* ont une signification de *point* où s'effectue la *crise*, le changement radical, la cassure inattendue du destin, où des décisions sont prises, les barrières de l'interdit franchies, où l'on se renouvelle ou bien se perd.

L'action, dans les œuvres de Dostoïevski, se déroule de préférence en ces « points ». Quant à l'espace intérieur d'une maison, aux pièces éloignées de la périphérie, c'est-à-dire du seuil, Dostoïevski ne les utilise pratiquement jamais, sauf, bien sûr, dans les scènes de scandale et de « détronisations », quand l'espace intérieur (salon, salle de réception) devient un succédané de place publique. Dostoïevski « saute » par-dessus cet espace, solidement aménagé, du séjour habituel loin du seuil, car la vie qu'il représente se passe en

1. Il s'agit de celui qui intervient dans les dernières pages de la troisième partie (Folio, p. 294 *sq*).

deçà. Dostoïevski était moins que quiconque un peintre de la propriété foncière, du foyer familial, des chambres et appartements, des ménages. Dans un espace intérieur domestique, loin du seuil, les hommes mènent une existence biographique en un temps biographique : naissent, passent leur enfance et leur adolescence, se marient, mettent au monde des enfants, vieillissent et meurent. Dostoïevski « saute » aussi par-dessus ce temps-là. Sur le seuil et sur la place, seul est possible le *temps de crise*, dans lequel l'instant équivaut à des années, des décades et même des milliards d'années (comme dans le *Rêve d'un homme ridicule*).

Si maintenant nous abandonnons le *rêve* de Raskolnikov pour les épisodes du roman qui se passent à l'état de veille, nous pourrons nous convaincre que le seuil et ses succédanés y sont bien les « points » essentiels de l'action.

Il apparaît tout d'abord que Raskolnikov vit en fait sur le *seuil* : sa chambre étroite, le « cercueil » (c'est ici un symbole carnavalesque), donne directement sur le *palier* et, même en sortant, il ne ferme jamais sa porte (c'est donc un espace intérieur ouvert). On ne peut dans ce « cercueil » mener une existence biographique, on peut seulement y vivre une crise, prendre les ultimes décisions : mourir ou renaître (comme dans les cercueils de *Bobok* ou dans celui de l'*Homme ridicule*). C'est également sur le seuil, dans une chambre passante, donnant directement sur l'escalier, que vivent les Marmeladov (c'est là, sur le seuil, que Raskolnikov en ramenant le père ivre rencontre pour la première fois les autres membres de la famille). C'est sur le seuil de la vieille usurière assassinée qu'il vit des moments épouvantables quand de l'autre côté de la porte, sur le palier, se tiennent des visiteurs inattendus qui tirent la sonnette. C'est là qu'il revient et tire lui-même la sonnette pour revivre ces instants. C'est sur le seuil, dans le couloir près de la lanterne, qu'a lieu la scène de son demi-aveu à Razoumikhine, sans paroles, par le regard uniquement[1]. Et c'est encore sur le seuil, devant la porte de l'appartement voisin, qu'ont lieu ses conversations avec Sonia (alors que de l'autre côté de la porte Svidrigaïlov les écoute). Il n'est nullement nécessaire d'énumérer tous les « actes » sur le seuil, près du seuil ou dans un vif sentiment du seuil.

Le seuil, l'entrée, le couloir, le palier, l'escalier, ses marches, les portes ouvertes sur l'escalier, les porches dans les cours, puis, au-delà, la ville, les places, les rues, les façades, les cabarets, les bouges, les ponts, les fossés, voilà l'espace de ce roman.

LE MONOLOGUE DIALOGIQUE

Commentaire exemplaire en tous sens du texte qui se trouve en Folio, p. 49 : « Il n'aura pas lieu, mais que feras-tu donc pour l'empêcher ? »

Ce genre de dialogue avec soi-même se poursuit tout au long du roman. Les questions, le ton, changent, il est vrai, mais la structure reste identique. Notons à quel point son discours intérieur est plein de mots d'autrui qu'il vient d'entendre ou de lire : il les puise dans la lettre de sa mère et à travers elle dans le discours de Loujine, de Douniétchka, de Svidrigaïlov, dans le discours de Marmeladov qu'il vient de quitter, dans les paroles transmises par Sonia, etc. Il en remplit tout son discours intérieur, mais les complique par des accents personnels, ou bien change carrément l'intonation et com-

Ibid., p. 307 *sq.*

1. Cf. Folio, p. 332.

mence avec eux une polémique passionnée. En conséquence de quoi son discours intérieur se construit comme un cortège de répliques frémissantes adressées à tout ce qu'il a entendu, à tous les mots d'autrui qui l'ont touché et qu'il puise dans l'expérience de son passé le plus récent. Il tutoie presque tous ceux à qui il adresse sa polémique, et renvoie presque à chacun ses paroles avec un ton et un accent modifiés. De ce fait, il transforme immanquablement tout nouveau personnage en un symbole, à tel point que leurs noms mêmes deviennent pour lui des substantifs : les Svidrigaïlov, les Loujine, les Sonia, etc. « Vous là-bas, Svidrigaïlov ! Que venez-vous faire ici[1] ? » crie-t-il à un gandin qui tourne autour d'une jeune fille soûle. Sonia, qu'il connaît d'après les récits de Marmeladov, figure tout le temps dans son discours intérieur en tant que symbole d'un sacrifice vain et stérile. Dounia remplit une fonction analogue, avec tout juste une nuance différente ; le symbole de Loujine a aussi sa signification.

Tous ces personnages n'entrent pas dans son discours intérieur comme des caractères typologiques, comme des personnages de l'histoire qu'il est en train de vivre (la sœur, le fiancé de sa sœur, etc.), mais comme des symboles d'une certaine attitude idéologique dans la vie, comme des incarnations de solutions possibles aux problèmes idéologiques qui le torturent. Il suffit qu'un homme apparaisse dans son champ de vision pour qu'il soit transformé aussitôt en une solution incarnée à la question qu'il se pose, solution qui ne coïncide pas avec ses propres déductions ; c'est pour cela que tout le monde le blesse et qu'il assigne à chacun un rôle ferme dans son discours intérieur. Entre toutes les personnes, il établit des corréla-

1. Folio, p. 52.

tions, des comparaisons, des oppositions, les oblige à se répondre, à se soutenir ou à se combattre. En définitive, son discours intérieur se déroule comme une pièce de théâtre philosophique où les acteurs incarnent des points de vue sur le monde et sur la vie.

Les voix différentes que Raskolnikov introduit dans son discours y établissent des contacts tout à fait spéciaux et impossibles dans la vie réelle. Du fait qu'elles résonnent dans une seule conscience, elles deviennent en quelque sorte perméables les unes aux autres. Elles se rapprochent, se superposent, se croisent en partie, créant aux points de rencontre les discordances caractéristiques.

UNE HYPOTHÈSE PSYCHANALYTIQUE

Lecture parfaitement consciente de ses limites. Le titre du livre dont ce texte est extrait montre que l'enjeu de la recherche dépasse largement le roman de Dostoïevski : il s'agirait de construire l'inconscient de l'âme russe.

A. Besançon, *Le tsarévitch immolé*, Paris, Plon, 1967, p. 199 *sq.*

Je propose une hypothèse qui ne pourrait être prouvée que par la comparaison de tous les viols d'enfants de tous les romans de Dostoïevski, mais qui semble éclairante pour ceux auxquels on a ici affaire : que la petite fille est un déguisement de la mère, et, dans ce roman, après Pulkheria et Dounia, après l'usurière et l'Innocente, son troisième visage. La vieille redoutable (mère phallique, castratrice), la jeune protectrice et l'enfant : ces trois âges de la femme sont également représentés dans *Les démons* sous les espèces de Varvara, Dacha, Matriocha. Le désir se décompose en ses divers éléments : le sadisme, par identification au père cruel, se dirige vers la vieille, la tendresse vers la vierge, et le désir sexuel comme tel, sous forme de viol, vers la petite fille inoffensive et désarmée.

Mais quand celle-ci, au lieu d'être simplement passive et *souffre-passion*, se fait séductrice, elle redevient la mère angoissante, et le châtiment frappe les deux coupables : Matriocha se pend comme Jocaste et son offenseur se tue. L'âge même de la petite fille favorise par ailleurs une identification par laquelle l'offenseur subit et désire fantasmatiquement le talion. Mais il est inutile à notre propos de spéculer plus avant. Parmi les signes qui donnent vraisemblance à cette interprétation, je note que le crime apparaît régulièrement comme une faute ancienne, à demi oubliée, mais qui revient obsessivement comme une faute originelle, escortée d'une insupportable angoisse. [...]

Plusieurs lectures de ce roman sont simultanément possibles, à condition qu'elles ne soient pas contradictoires. Sur un certain plan il peut se lire comme une représentation romanesque d'un moment initial de la crise œdipienne — celui qui marque la fin de la soumission de l'enfant à l'image de la mère phallique et qui conditionne l'accès aux épisodes ultérieurs. L'assassinat des deux femmes, scène sadique et incestueuse, avec un caractère de scène primitive, a sa correspondance dans la tragédie : c'est la victoire d'Œdipe sur le Sphinx. Raskolnikov accède par ce meurtre à la symbolique phallique et se pose en conquérant. Mais Laïos et les Dieux sont bien vivants en Porphyre et Sonia. Le héros est banni de la cité.

Mais l'échec œdipien, par exception, est temporaire. Des grands romans de Dostoïevski, celui-ci est le seul qui promette, à très long terme, la réalisation de l'amour. Le châtiment est la purification du nouvel Oreste. Un jour, un beau jour, il est délivré. Il est remarquable que la folie, qui circulait entre les personnages, finit par fondre sur les deux mères — Catherine et Pulkheria — et qu'elles en meurent. C'est entre Sonia et le héros que se joue désormais la partie décisive entre vie et mort.

Il y a d'autres lectures et celle-ci n'est pas celle de Dostoïevski. La leçon la plus fermement et la plus constamment affirmée est qu'il n'y a qu'une loi, qui se déploie identique au champ de la loi personnelle, de la loi civile, de la loi divine, et que le transgresseur est puni ; que la transgression menace la liberté, la raison, le salut ; le roman hérite de la tragédie antique.

LE CHRISTIANISME DE DOSTOÏEVSKI DANS *CRIME ET CHÂTIMENT*

Le roman est imprégné d'un esprit religieux, proprement évangélique. Dostoïevski a voulu réfuter le rationalisme non plus seulement par le fait de la nature humaine, qui le refuse — ici, la conscience qui se réveille —, mais par la mise en action de l'enseignement du Christ. Là était la mort, ici est la résurrection. Il est bien évident, ne fût-ce que par la lettre à Katkov, que ce n'est pas une thèse du roman, mais la conviction de l'auteur.

P. Pascal, *Dostoïevski*, Paris, Desclée de Brouwer, coll. « Les écrivains devant Dieu », 1969, p. 51 *sq.*

Il ne défend pas l'Église orthodoxe. Il y a dans la scène de la mort de Marmeladov un passage assez éloquent à cet égard. Dostoïevski, qui jusqu'aux *Frères Karamazov* ne mettra jamais ses personnages en rapport avec des prêtres, présente ici sans sympathie le prêtre qui porte au mourant les deniers sacrements. Pour Catherine Ivanovna qui, à ses paroles banales de consolation, a répondu brusquement en lui montrant les orphelins : « Et ceux-ci, qu'est-ce que j'en ferai ? » ce prêtre n'a que des phrases banales : « Dieu est miséricordieux... » — « Miséricordieux ? Pas pour nous ! — Vous péchez, Madame ! C'est un péché ! — Et ça, ce n'est pas un péché ? » crie-t-elle en désignant son mari mourant. Lui se figure bassement qu'elle regrette l'argent que le mort apportait, et quand elle le détrompe : « De lui je n'ai eu que misère, et pas d'argent ! Il buvait tout, il nous volait... », il lui lance encore : « C'est un péché, un grand péché. » Dans cette maison où l'assassin a offert les premiers secours, le prêtre n'a été qu'officiel[1].

Le christianisme de Dostoïevski n'est pas celui qui comptabilise les péchés et les mérites. Il est celui de l'humanité et de l'amour. Marmeladov est tombé au dernier degré de la déchéance, a étrangement perdu le sens moral, mais sa confession déchirante rappelle qu'il n'est si grand pécheur qui ne puisse être sauvé : sa version du Jugement semble bien avoir la sympathie de l'auteur. Dostoïevski condamne le vice de Marmeladov (il voit dans l'alcoolisme le grand péril actuel de la Russie), mais il approuve sa foi. Il a rédigé sa confession en quasi-slavon, pour mieux évoquer les versets de l'Évangile, et elle est un des sommets de l'ouvrage : « Celui-là qui a eu pitié de tous les hommes [...] et pardonnera les bons et les mauvais [...] dira : « Vous êtes des cochons ! Vous portez le masque de la Bête et sa marque. Mais venez, vous aussi ! » Et les sages élèveront la voix, les raisonnables élèveront la voix : « Seigneur, pourquoi reçois-tu ceux-là ? » Et il dira : « Je les reçois, ô sages, je les reçois, ô raisonnables, parce que pas un de ceux-là ne s'est jamais considéré comme digne de cet honneur[2]... »

Un autre grand sommet chrétien de *Crime et châtiment*, c'est naturellement la lecture que Sonia fait à Raskolnikov, sur sa demande, du récit de la résurrection de Lazare. Cette scène émouvante, encore ne l'avons-nous pas dans sa forme originale. Dostoïevski l'avait écrite, dit-il, « dans un élan

1. Cf. Folio, p. 198. On a conservé, pour les citations, la traduction de Pierre Pascal.

2. Cf. Folio, p. 25.

d'inspiration mystique » ; Katkov en fut choqué, il y avait vu « des traces de nihilisme ». Le malheureux auteur dut refaire tout le chapitre. [...]

Sonia rappelait la courtisane au grand cœur des feuilletons sentimentaux des pays d'Occident, mais ici elle avait une signification exceptionnelle : en face de Raskolnikov perdu par son orgueil intellectuel, elle représentait la simplicité populaire, la foi naïve mais génératrice d'amour et d'humilité. Dans les carnets, elle disait : « Que serais-je, moi, sans Dieu ? » Elle seule pouvait opérer, pécheresse comme lui, mais supérieure par la foi et la charité, le difficile miracle de la résurrection de Raskolnikov. Comme elle venait d'exprimer sa confiance en Dieu qui n'abandonnerait pas les orphelins, Raskolnikov dit, plutôt pour l'éprouver : « Mais peut-être que Dieu n'existe pas... » Soudain elle fut prise comme de convulsions et se cacha la face dans sa main en sanglotant — comme Dostoïevski autrefois devant Biélinski. Alors il tomba sur le plancher et lui baisa le pied : « Ce n'est pas devant toi que je me prosterne, mais devant toute la souffrance humaine. » C'est par là que chez lui tout commença.

OPINIONS D'UN ROMANCIER MOMENTANÉMENT DÉPOURVU D'IMAGINATION

Ce texte appartient aux cours que Nabokov a professés pour vivre. On peut se demander ce que signifie son allure hargneusement simpliste. Paradoxalement, son intérêt majeur est de refléter moins la pensée de son auteur que des stéréotypes depuis longtemps répandus.

V. Nabokov, *Littératures*, II, trad. de l'anglais par M. O. Fortier-Mank, Paris, Fayard, 1985, p. 166 *sq*.

Je pense que ni un vrai artiste ni un vrai moraliste, ni un bon chrétien ni un bon philosophe, ni un poète ni un sociologue, n'eût placé côte à côte, en une seule et même envolée de fausse éloquence, un meurtrier et une pauvre fille des rues — deux têtes entièrement différentes penchées sur le livre saint. Pour ceux qui croient en lui, le Dieu des chrétiens a pardonné à la prostituée il y a dix-neuf siècles. Le meurtrier, par contre, devra d'abord subir un examen médical. Ils sont à des niveaux complètement différents. Le crime inhumain, stupide, de Raskolnikov ne saurait en rien être comparé à l'état d'une fille qui porte atteinte à la dignité humaine en vendant son corps. L'assassin et la prostituée en train de lire le livre éternel... quelle absurdité ! Il n'y a pas de lien rhétorique entre un ignoble meurtrier et cette malheureuse : il n'y a que le lien conventionnel du roman « gothique » et du roman sentimental. C'est un artifice littéraire de pacotille, non un prodige de pathos et de piété. Remarquez, par ailleurs, le défaut d'équilibre artistique. On nous a décrit le crime de Raskolnikov à grand renfort de détails sordides ; on nous a donné une demi-douzaine d'explications différentes pour cet exploit. Jamais nous n'avons vu Sonia dans l'exercice de son commerce. La situation est un super-cliché : le péché de la prostituée tombe sous le sens. Je prétends, quant à moi, que l'artiste est celui pour qui rien ne tombe jamais sous le sens.

Pourquoi Raskolnikov a-t-il tué ? Les mobiles de son acte sont extrêmement confus.

Si l'on croit ce que Dostoïevski espère quelque peu naïvement nous faire croire, Raskolnikov était à la fois un bon jeune homme dévoué à sa famille, aux idéaux élevés, capable de se sacrifier, aimable, généreux, travailleur, quoique fier et ayant une haute opinion de lui-même — au point de se retrancher complètement dans sa vie intérieure sans éprouver le moindre besoin de se confier aux autres. Ce très bon, très généreux et très fier jeune homme est d'une affligeante pauvreté.

Pourquoi Raskolnikov a-t-il assassiné la vieille usurière et sa sœur ?

Apparemment, dans le but de tirer sa famille de la misère et de sauver sa sœur, qui, pour lui permettre de poursuivre ses études, est sur le point d'épouser un homme riche mais brutal.

Or il a aussi commis ce meurtre pour se prouver qu'il n'est pas un homme ordinaire respectueux des lois morales édictées par d'autres, mais un être capable d'établir sa propre loi et de supporter l'énorme fardeau moral qu'est la responsabilité, de passer outre aux affres de la conscience et d'avoir recours au mal (tuer) pour atteindre le bien (subvenir aux besoins de sa famille, poursuivre ses études qui lui permettront de servir l'humanité), sans nuire pour autant à son équilibre intérieur et à sa vie d'homme vertueux.

Et il a également commis ce meurtre parce qu'un des dadas de Dostoïevski était que la propagation des idées matérialistes entraîne inéluctablement la destruction des principes moraux chez les jeunes gens et peut transformer en meurtrier un jeune homme, même fondamentalement bon, qui se trouverait poussé au crime par un malencontreux concours de circonstances. Remarquez les idées curieusement fascistes de Raskolnikov : l'humanité, écrit-il dans un « article », ne comporte que deux sortes d'hommes : le troupeau et les surhommes ; la majorité devrait être soumise aux lois morales en vigueur, mais les quelques élus qui sont bien au-dessus de la majorité devraient être libres d'établir leurs propres lois. Ainsi Raskolnikov commence par déclarer que Newton et d'autres savants de génie n'auraient pas hésité à sacrifier des dizaines ou des centaines de vies si ces vies les avaient empêchés de faire bénéficier l'humanité de leurs découvertes. Par la suite, il oublie plus ou moins ces bienfaiteurs de l'humanité pour se concentrer sur un idéal complètement différent : Napoléon, en qui il voit le personnage de l'homme fort qui a su « capter » un pouvoir prêt à se donner à celui qui « oserait ». C'est une transition bien rapide, du futur bienfaiteur de l'humanité au futur tyran ne visant qu'au pouvoir personnel — une transformation méritant une analyse psychologique plus fouillée que celle que peut se permettre Dostoïevski, dans sa hâte.

Le second dada enfourché par notre auteur est qu'un crime vaut à celui qui le commet le lot inéluctable des méchants : l'infernale souffrance intérieure. Toutefois, pour une certaine raison, cette souffrance solitaire ne mène pas à la rédemption. Ce qui mène à la rédemption, c'est la souffrance ouvertement acceptée, la souffrance publique, l'autoflagellation et le besoin de s'humilier devant ses frères humains. Cela seul peut apporter à celui qui souffre l'absolution de son crime, la rédemption, une nouvelle vie, etc. Telle sera la voie que suivra Raskolnikov, mais il est impossible de dire s'il tuera encore. Enfin, il y a l'idée du libre arbitre, du crime gratuit.

Dostoïevski a-t-il réussi à rendre tout cela plausible ? J'en doute.

IV. CHOIX BIBLIOGRAPHIQUE

La meilleure introduction à l'œuvre de Dostoïevski reste le livre de Pierre Pascal, *Dostoïevski, l'homme et l'œuvre*, Lausanne, l'Âge d'homme, 1970. On a aussi tout intérêt à lire la brève étude de Dominique Arban, *Dostoïevski par lui-même*, Paris, Seuil, 1962.

La critique interprétative, à tendance philosophique, n'a pas cessé de se manifester. Les textes de Chestov, de Berdiaev, dont des extraits ont été donnés ici même, gardent leur intérêt, aussi bien que l'essai de Gide ; il faut sans doute considérer que la lecture de ces pages en apprend plus sur leur auteur que sur Dostoïevski lui-même. Plus récents, également suggestifs :

Jacques Rolland, *Dostoïevski, la question de l'autre*, Paris, Verdier, 1983.

Frédéric Boyer, *Comprendre et compatir, lectures de Dostoïevski*, Paris, P. O. L. , 1993.

Sur la personnalité même de l'écrivain :

Pierre Pascal, *Dostoïevski*, Paris, Desclée de Brouwer ; coll. « Les écrivains devant Dieu », 1969.

Louis Allain, *Dostoïevski et Dieu. La morsure du divin*, Lille, Presses universitaires de Lille, 1981.

Louis Allain, *Dostoïevski et l'Autre*, Lille/Paris, Presses universitaires de Lille /Institut d'études slaves, 1984.

La somme donnée par Constantin Motchoulski, *Dostoïevski. L'homme et l'œuvre*, trad. franç. Paris, Payot, 1963, demeure précieuse par ses analyses de l'art de l'écrivain.

Le livre de Mikhaïl Bakhtine publié en 1929 et remanié en 1963 a été traduit deux fois sous deux titres différents : *La poétique de Dostoïevski*, Paris, Seuil, 1970 et *Problèmes de la poétique de Dostoïevski*, Lausanne, l'Âge d'homme, 1970. C'est un livre difficile mais indispensable.

Noter aussi Jacques Catteau, *La création littéraire chez Dostoïevski,* Paris, Institut d'études slaves, 1978.

Recueils collectifs et numéros spéciaux :

Europe, octobre 1971, n° 510).

Cahiers de l'Herne, 1973, n° 24.

Revue de littérature comparée, juillet et décembre 1981, n° 219-220.

TABLE

ESSAI

8,20

Composition Traitext
Impression S.E.P.C.
à Saint-Amand (Cher), le 4 janvier 1995.
Dépôt légal : janvier 1995.
Numéro d'imprimeur : 2849.
ISBN 2-07-038618-X./Imprimé en France.

63052